洋食 小川

小川 糸

洋食　小川

目次

初日の出　1月4日　10
ゆりねのニョッキを作ってみよう　1月8日　15
ヒヤシンス　1月16日　20
書き初め　1月26日　24
立春大吉　2月4日　28
おばあちゃんの桐箪笥　2月11日　31
もうすぐ五年　2月22日　35
企画書　2月26日　39
台湾かぶれ　3月3日　42
人間がつくらなかったもの　3月14日　46
春の色　3月17日　52
おやつたべる〜？　3月24日　54

春しゃぶ　3月27日　58
活字　4月2日　61
ムヒカさーーーーーーん！　4月5日　66
犬の輪　4月10日　70
カレー曜日　4月14日　75
手紙時間　4月17日　80
やっぱり、鎌倉は　4月28日　84
作る、作る、食べる、作る　5月6日　88
本とコーヒーで　5月20日　91
ふく、ふく、ふく、ふく　5月31日　95
鎌倉へ　6月6日　99
今年の夏は　6月14日　104
69な年に　6月17日　108

緑があるだけで 6月19日 112
わが祖国 6月27日 118
夏至祭へ 7月1日 123
わんこ事情 7月2日 126
カルナさん 7月4日 133
made in Latvija 7月10日 137
物々交換 7月15日 142
出張トリマーさん 7月19日 146
プライベート美術館 7月24日 151
正義感 8月2日 155
湖へ 8月9日 160
モリエルさんの作品 8月15日 165
ラフマニノフの夕べ 8月22日 169

言葉の壁　9月1日　172
数々の試練　9月5日　176
覚えてる？　9月10日　179
メオトパンドラ　9月19日　184
日曜日ですよ！　10月2日　188
栗ごはん　10月10日　191
帰ってきたヒトラー　10月26日　195
お鍋の逆襲　10月27日　198
霜月　11月2日　202
ブタカン　11月5日　205
文学祭　11月24日　209
男親というもの　11月29日　213
洋食 小川　12月9日　218

12月19日　書くことは　221
12月29日　花束を君に　226

本文イラスト　芳野
本文デザイン　児玉明子

初日の出

1月4日

元日の朝、初日の出が見たくて、早起きした。

カーテンをあけると、まだ西の空に月が出ていた。

それから少しずつ空が明るくなって、向かいの棟のマンションから、太陽が顔を出す。

「今年も、いい一年になりますように」

ふだんより厳かな気分で、太陽に手を合わせた。


お屠蘇《とそ》は、ペンギンが好きなのでやめられない。

もういいのではないか、と提案すると、目くじらを立てて怒る。

毎年、レシピに載っている分量通りに作ると半分近く余ってもったいないので、今回は量をうんと控え目に作った。

日本酒にひとばん屠蘇散を浸しておき、翌朝みりんを混ぜて、できあがりだ。

お屠蘇があるので、ペンギンもお正月から機嫌がよかった。


ふとひらめいて、残った屠蘇散（ティーバッグのようなものに入っている）を白ワインに漬けてみたら、これはこれで美味しい。

よくフランスにある、ちょっとクセのある薬草酒みたいで、私としては、正式なお屠蘇より、カクテルお屠蘇の方に一票を入れたい。

来年から、私のは白ワインで作っておこう。

ちなみに今、屠蘇散について調べたところ、屠蘇とは、「邪気を屠《ほふ》り、心身を蘇らせる」という意味で、
一般的には、オケラの根（白朮《びゃくじゅつ》）・サンショウの実（蜀椒《しょくしょう》）・ボウフウの根（防風《ぼうふう》）・キキョウの根（桔梗《ききょう》）・ニッケイの樹皮（桂皮《けいひ》）・ミカンの皮（陳皮《ちんぴ》）など、体を温めたり、胃腸の働きを助けたり、風邪の予防に効果的といわれる生薬を含んでいます。
とのこと。
一年の始まりにお屠蘇を飲むと、一年間病気にかからないと信じられていたという。

元日は、『あの日の声を探して』を見て、2日は『奇跡の2000マイル』を見た。

どちらも素晴らしかったけれど、特に『あの日の声を探して』は、いい映画だった。

ナチスのホロコーストを題材にした『さよなら子供たち』『サラの鍵』もすごく好きなので、この作品も早く見たくてDVDになるのを待っていた。


『あの日の声を探して』の舞台は、チェチェン。

1999年、ロシア軍により侵攻され、多くの犠牲者が出た。

9歳になる主人公のハジは、両親を目の前で銃殺され、自分の声までも失ってしまう。

姉も両親と一緒に殺されたと思いこんだハジは、まだ歩けない幼い弟を連れて家を出て、弟は他の家の人に託し、身ひとつで生きていこうとする。

おなかをすかせて町をさまよっていたハジに手をさしのべたのは、フランスから来ていたEU職員のキャロルで、彼女は言葉の通じないハジを自宅に招き、共に暮らし始めた。

戦争というものの愚かさを、これでもかというほど徹底的に描いた作品だった。

ただふつうに暮らしていたロシアの青年が、戦争へ駆り出され、殺人兵器となっていく様も生々しかった。

そして、実際に今も、戦争や内戦で多くの人たちが過酷な状況にあることを思うと、本当に胸が痛くなる。

２０１６年が、少しでも平和になってほしいとは思うけれど、実際にはもう第三次世界大戦が始まっているのではないかと思うほど、毎日のように、悲しいニュースが跡をたたない。

難民の流出も、エルニーニョの発生と連動して起きているとする見方もあるから、難民問題だって決して私たちの暮らしとは無関係でないのだと思う。

そのことを、肝に銘じて生活しなくちゃいけない。

今年は選挙もあるし。

課題の多い一年になりそうな気がする。


今日はこれから、石垣島の本家ペンギンファミリーと、恒例の新年会だ。

去年は私が風邪をひいて新年会を取りやめたので、二年ぶりになる。

こぶ平も、今年中学生だ。

ちなみに私は、こぶ平にも姪っ子たちにも、お年玉をあげたことがない。

恵まれている子にお金をあげても、あまり意味がないように感じるからだ。

ケチなおばさんだと思われているんだろうなぁ。
でもその分、苦しい思いをしている子どもたちに支援した方が、よっぽど有効的だと思うのだ。

でも、ゆりねには、お年玉をあげちゃったけど。
ご満悦の表情で、ペロリ。
あっという間に食べていた。
ゆりね共々、今年もよろしくお願いします！

ゆりねのニョッキを作ってみよう

1月8日

新聞にのっていた、森公美子さんのインタビューを読んで、朝から涙がこぼれた。
プロのオペラ歌手を目指して、ミラノの音楽大学に留学した森さん。
けれど、気がつけばノルマをこなすだけの日々。
日本人である自分にはたしてオペラを心の底から理解することなどできるのだろうか？
と悩んだ末、森さんは実家のお父さんに電話したという。
「立派なオペラ歌手になれるとは思えない」
と弱音をはいた森さんに、お父さんはこう言ったそうだ。
「イタリア人になったと思って生活してみろ。
帰ってきて、お父さんにスパゲティの二、三品でもつくってくれたら、それで十分だ」

この言葉で、森さんは肩の力が抜け、ノルマをこなすことをやめた。

そして、お父さんとの約束をはたすべく、酒場のおじさんと会話したり、近所のおばさんに料理を習ったりしているうち、イタリア語がみるみる上達した。

なんて優しいお父さんなんだろう。

ただただ肩肘はっていきがっていた時は見えなかった景色が、お父さんの一言で、ふーっと力がぬけて、寄り道することで違う景色が見えてくる。

とても大切なことだと思った。

私自身も、今年は道草をたくさんしてみようと思う。

ところで、さっきネットで調べ物をしていたら、ペンギンが、「何を調べてるの？」と聞く。

「どうやったら、ゆりねを美味しく食べられるかと思って」

と答えたら、しばらく絶句していた。

どうやら、百合根を、ゆりね（正式には、百合音。わが家の愛犬）と勘違いしたらしい。

まさか。

ふつうに考えて、わかるでしょうに。

わが家には今、野菜の方のゆりねがたくさんあるのだ。

北海道のニセコから届いた、ぷりっぷりの特大ゆりね。

確かに、うちの犬に似ていますけどね。


天ぷらが美味しいと思っていたけれど、とろみをつけたあんかけゆりねもなかなかだった。

ホクホクして、ほんのり甘い味がクセになる。

犬の方のゆりねも気になるのか、しきりに鼻をくんくんさせて、欲しがっていた。

一箱とどいて、中にびっしりゆりねが入っていて、ご近所さんなんかにお福分けしたのだけど、それでもまだまだたくさんあるので、ゆりねの美味しい食べ方を調べていたのだった。

今度は、ゆりねのニョッキを作ってみようと思っている。


犬のゆりねは、今日が今年初の幼稚園。

一年以上担当してくださったドッグトレーナーさんが昨年いっぱいでやめてしまったので、今年からは金曜日に変えてもらった。

新しいトレーナーさんとの相性はどうだろうか？　新しいお友達はできるだろうか？

親バカぶり全開で、不安な一日を過ごす。


ゆりねが幼稚園に行っていないので、夕方、写真館まで写真を受け取りに行った。

コロの家族と、四人と四匹で撮った記念写真が出来上がったのだ。

やっぱり、コロのカメラ目線がすごい。

写真館のおじさんも、さすがに今まで四匹同時というのはなかったらしく、しきりに、楽しかったですとおっしゃっていた。

ほんと、私たちも楽しかった。

全員が、それぞれいい顔で写っている。

やっぱり、ちゃんと写真館で撮ってもらって正解だった。

一生の記念になる。


幼稚園では、その日のゆりねの行動などを書いた日誌の他、写真や映像もくれる。

毎回、それを見るのが楽しみなのだけど、今日はドッグランで走るゆりねの写真が最高だった。

前々から感じていたけど、ゆりねは多分、前世がうさぎなのではないだろうか？

走る姿は、まるでうさぎ。

他にも、サル年にちなんで、今度のパートナー、くるみちゃんと一緒の写真などが入っていた。

幼稚園では、幼稚園の顔があり、わが家にいる時のゆりねとは、どこか違うのだ。

でも、やっぱり食べないでしょう。

勘違いするにも、ほどがあると思うのだが。

ヒヤシンス

1月16日

あれ？　今日は何かきのうと違うな、と思ってふと顔を上げたら、ヒヤシンスの花が咲いているのだった。

ちょうど一週間前、花屋さんの前を通ったとき、ヒヤシンスの球根を買った。

その時はまだ、きゅっと硬く身を縮めているような状態だった球根が、毎日少しずつ芽を伸ばして、ついに今日、花を咲かせた。

ただ、ヒヤシンスって花は好きなのだけど、香りは苦手だったりする。

だから、せっかく咲いたのに申し訳ないけど、コップごとトイレに移動してもらった。

私の感覚からすると、この匂いはちょっとキツすぎるのだ。

でも、世の中を見渡すと、だんだん、香りが強くなっているような気がする。

いちばん感じるのは、タクシーに乗った時だ。

あの人工的につくられた芳香剤の匂い。匂いじゃなくて、私にとっては臭いだ。

ちょっとの距離を乗るのでも、頭が痛くなってしまう。

だから、たとえ寒くても窓をあけて、外の新鮮な空気を体に入れる。

運転手さんは、きっともう、鼻が麻痺してしまっているのだろうと思うけど、あんなのを四六時中吸い込んでしまって、健康を害したりはしないだろうかと心配になる。

芳香剤の臭いだったら、まだ、汗臭い方が我慢できる。

タバコの臭いも確かに嫌だけれど……。

私の理想は、無臭タクシーだ。

でもあの芳香剤も、サービスでよかれと思ってやっているのだろうし、それをいいと感じる人の方が、世の中的には多数なのだろう。

芳香剤や消臭剤も気になるけど、柔軟剤もかなり強烈だ。

うちは柔軟剤を使わないいし、洗濯用洗剤も極力少なくしているので、洗濯物にはほとんど香りがしない。

けれど、人によっては、柔軟剤を必ず使うようだ。

これも多分、だんだん匂いがわからなくなってしまうようで、ちょっと怖い。

えーっと、ヒヤシンスのことを書いていたんだっけ。

私は、あるかないかわからないくらいの、ほのかな香りが好きだなぁ。

匂いというのは、人によって本当に受け止め方が違うらしい。

私は結構、パリの地下鉄の匂いは好きだったりするし。

ところで、先日作ったゆりねのニョッキが、素晴らしかった。

自分でいうのもどうかと思うけれど、会心の出来。

通常はジャガイモを使うけれど、ゆりねの方がより美味しい気がする。

茹《ゆ》でたのを、更にカリッと焼いて、あとはオリーブオイルを贅沢《ぜいたく》にかけ、トリュフ塩をぱらり。

こういう、シンプルな食べ物が、いちばん好きだ。

これからは、ゆりねが手に入ったら、ニョッキを作ろう。

最近、寒いのでグラタンばかり作っている。

グラタンは、冬の醍醐味《だいごみ》だ。

昨日は、ずいぶん前に買った干し鱈を使って、ジャガイモと鱈のグラタンにした。

オーブンに入れておくだけだから、とっても楽。

牡蠣《かき》とほうれん草も黄金の組み合わせだけど、ジャガイモと鱈もそれに匹敵するマリアージュだ。


犬の方のゆりねは、寒がりなので、ひなたぼっこばかりしている。

日向が移動するのに合わせて、ちょっとずつ自分も移動しているのがかわいい。

一緒に、鏡餅と甘酒もひなたぼっこしていたら、ゆりねがカチカチのお餅のかけらを盗み食いして、ぼろぼろとこぼしながら食べていた。

美味しいの？

書き初め　1月26日

今、『ツバキ文具店』の初校ゲラを読んでいる。

去年一年かけて「ジンジャーエール」に連載をした、代書屋さんのお話だ。

主人公は雨宮鳩子《あまみやはとこ》で、ポッポちゃんと呼ばれている。

鎌倉の山奥が舞台だ。


ゲラを読む時の三種の神器は、鉛筆と、消しゴムと、赤ペン。

鉛筆は、通常の鉛筆より芯も持ち手も太い2Bの、形が三角形になっている特殊なもので、ずいぶん前に担当していただいた編集者さんがくださった。

以来それを、コツコツと削っては使い続けている。

消しゴムは、友人にもらったもので、もとは鳥の形をしていたけれど、今はもう跡形もない。

赤ペンは、書いてから間違うこともあるので、必ず、消せるタイプのを使っている。

鉛筆も消しゴムも赤ペンも、ゲラを読む時しか使わなくなった。


ポッポちゃんは、文具店を営むかたわら、代書を請け負っている。

その人にかわって、手紙を書くのだ。

本では、実際にその手紙が登場する。

萱谷恵子《かやたにけいこ》さんという字書きを生業とする女性が、一通一通、ポッポちゃんになりきって書いてくださった。

それが、本当に本当に素晴らしくて、まさか同じ方が書いたとは思えない。

本になるのが、楽しみだ。


そんなことも関係してか、去年からお習字を習い始めた。

といっても、まだ一回しか行けていないのだけど。

最近は、手書きをする機会もめっきり減っている。

小説だって、私はパソコンを使って書いているし、自分で文字を綴《つづ》るのは、誰かへ手紙を書く時か、メモくらいだ。

子どもの頃は、もっと文字を丁寧に書いていた気がするのに、大人になってみると、ずいぶんいい加減になってしまった。

もっと、深みのある大らかな字が書きたいなぁ、と思っていたところに、お稽古の話が舞い込んできたのだ。

実は、もう何年も前に一念発起して道具だけそろえたものの、続かず、道具が宙ぶらりんになっていた。

初めて参加した去年の暮れの第一回目は、自分の名前をひたすら練習。

先生のお手本はこんなに美しいのに、いざ自分で書いてみると、なかなかうまくいかない。

誰にも読める簡単な名前にしようと思ってこのペンネームを決めたのだけど、そして、画数が少ないからサインも楽チン、なんて思っていたのだけど、実は、「小」も「川」も「糸」も逆にシンプルすぎてバランスをとるのが非常に難しいのだ。

自分の本にサインをするたび、申し訳ない気持ちになってしまう。

「これさぁ、サインじゃなくて、署名だよね」と、私のサインを見て年上の友人が言ったけれど、まさに図星で、そうなのだ。

全然、サインになっていない。

サインをして差し上げた方が、がっかりするのではなく、うれしい気持ちになるような文字を書けるようになることが、目下の目標である。

今日は、先生から書き初めの宿題が出されているので、それをやった。

自分の名前を、大きく書いたり、「良都美野（ラトビア）」や「〇」などを、自由に書いてみる。

先生からの課題は、文字でも、ただの線でも、なんでもいいとのことだったので。

思いついて、ラトビア神道における私の守り神、雷神を表す「卍」の文字も書いてみた。

だけどまさか、卍にもちゃんと書き順があるなんて、知らなかった。

まぁ、漢字なのだから、当然書き順はあるのだろうけど。

正しい書き順は、横、横、縦、縦、縦、横、となる。

全く、想像と違っていてびっくりぽんだ。

今日は、家にあった筆を総動員。

たまには気持ちを落ち着けて、墨をするのも、いいものだ。

立春大吉

2月4日

今日は、立春。

ここから一歩ずつ、春に近づいていく。

ゆりねがうとうと、気持ちよさそうに眠っていた。

春眠ですか？

サバやカツオが主食になったゆりねは、最近やけにお魚くさい。


台湾で翻訳された、『海へ、山へ、森へ、町へ』の見本が届いた。

文庫から、またぐーんとサイズが大きくなっている。

オリジナルのイラストなんかも加わり、読めないなりに、なかなか楽しい。

カナダで鮭の最期を見る旅、真冬のかき氷、食堂はてるまのナナ子さん、夏と冬2回のモ

ンゴル、滋賀のベルソー、自分でも忘れている断片が、たくさんのっている。


台湾でのタイトルは、『幸福食堂』だ。

なかなか、いいタイトルをつけてくださった。

ちょうど今月末、台湾に行くから、お土産に持っていこう。

こんなに近い国なのに、台湾に行くのは初めてだ。


「MOE」も届いた。

この号から、いよいよ『ミ・ト・ン』の連載が始まる。

結局、隔月ではなく、毎月の連載になった。

平澤まりこさんの絵が、とてもすてき。


今発売中の「クロワッサン」と「大人のおしゃれ手帖」にも、自宅の特集が出ている。

物を減らす、っていうのは、日本人みんなにとってのスローガンなのかもしれない。

日本には、物があふれすぎている！！！

幸せにしてくれるはずの「物」の存在に、逆に苦しめられ、窒息しそうになっているなんて、皮肉なことだ。

私が目指すのは、すき間。

時間にも、空間にも、人間関係にも、すき間を作ることで、気持ちにゆとりができる。

ふつうに暮らしていたら物は増える一方だから、意識して、減らす努力を。

そして、それよりも前に、要らない物は、手にしない、家に入れない、人生に加えない、

そういう意識が必要なのかもしれない。

死ぬ時は、台所に鍋ひとつ、旅行鞄ひとつくらいが理想的だと思っている。

立春大吉。

この間のお習字の課題で、この言葉を書けばよかったな。

おばあちゃんの桐箪笥

2月11日

祖母がお嫁入り道具として持ってきたという桐箪笥《だんす》がある。

百年とまではいかなくても、おそらく八十年以上は経っていると思われる桐箪笥だ。

数年前、その桐箪笥は、私が暮らす東京の家にやって来た。

仕事をする机のちょうど後ろに置いておくと、なんだか祖母に見守られているようで安心したものだ。


けれど、さすがに時間が経って、かなりもろくなっていた。

桐箪笥と思っていたけれど、どうやら、桐が使われているのは表面の見えるところだけで、他のところには別の木が使われていた。

祖母が亡くなった時に、一度きれいにしてもらってはいたのだけど、その頃からも時間が経って、そろそろ何か手を打たなければいけない時期だった。

とはいえ、手放すとなると、しのびない。

祖母と同じ部屋で寝起きをしていた私は、簞笥の取っ手の、カタカタと鳴る音がとても好きだった。

祖母が簞笥を開け閉めするたびにそのカタカタが鳴って、それを聞くたび、なんだかホッとしたのを覚えている。

どんなに思い入れがあっても、処分となると、それは粗大ゴミ扱いになる。

それは嫌、でも手元に置いておいても、使えない。

どうしようかと悩んでいた時、そっか、簞笥をリメイクしてもらえばいいのかも！　とひらめいたのだった。

それがちょうど一年前のこと。

お願いしたのは、木工作家のイサドさんだ。

先日、その桐簞笥が姿を変えて戻ってきた。

まだきれいな状態のところだけを使い、足りない部分は新しい材で補って、小ぶりな四段の引き出し付きの棚に作り変えてくださった。

クローゼットの中に入れて、お財布をしまったり、アクセサリーを片付けたりするのに、思いのほか重宝している。

なんとも、いい感じで、すーっと、私の暮らしに溶け込んだ。

残りの材で、コースターも四つ作ってくれた。

嬉しかったのは、カタカタの音が全く変わっていなかったこと。

思い切って捨ててしまうのは簡単だけれど、こういう形で残すことができて、とてもよかったと思う。

イサドさん、どうもありがとうございました！


今日は、祝日。

お休みかと思って期待せずにのぞいたら、八百屋さんもお肉屋さんもやっていた。

八百屋さんで国産の新筍を見つけて、買わずにはいられなかった。

鹿児島からやって来たという。

私にとって筍は、春を運んでくる野菜だ。

さっそく糠《ぬか》と一緒に炊いて、下茹でをした。
夜は、はじめてマドレーヌを焼いた。
かわいい。
レーズンサンドの次は、マドレーヌだ。
マドレーヌは、見ているだけで、ほんわかする。
今回は、金柑《きんかん》を入れてみた。
部屋中に、お菓子屋さんの匂いがしている。

もうすぐ五年

2月22日

一昨日の新聞にのっていた、樽川和也《たるかわかずや》さんの記事が印象的だった。

樽川さんの父親は、福島県須賀川市で農業を営んでいた。

福島第一原発からは、65キロ離れている。

樽川さんの家では、事故の前から、なるべく自然に近い形で作物を育てようと、農薬に頼らず、有機農法に挑んでいたそうだ。

父親の作るキャベツは、地元の小学校の給食に使われるほど。

安心でおいしい作物を作ることに情熱をかたむけていた。

それゆえに、原発事故の深刻さを誰よりも切実に感じていたのかもしれない。

せっかく丹精込めて育てたキャベツを出荷してはならないという国からの通知が届いた翌日、自ら命を絶ったという。

和也さんは、父親の死を無駄にするまいと、東電を訴えた。

そして、やっと和解ができた。

けれど、これでようやく東電が来てお線香をあげてくれると思っていたのに、届いたのはファックスだったという。

なんともやりきれない。

ふかふかのいい土を1センチ作るのに、何十年もかかる。

その土を大量に地面からひきはがして、ビニール袋に詰め込んでいるのが現状だ。

除染というけれど、正確には放射能の場所を移動させているだけ。

しかも、そのたまりにたまった汚染土を、あろうことか再利用して、全国にばらまこうとしているというのだから、びっくりしてしまう。

最近、『チェルノブイリの祈り』を読んだのだけど、チェルノブイリもフクシマも同じことが繰り返されていることがよくわかった。

チェルノブイリでも、人々は、ほんの数日と思って地方に疎開したそうだ。

けれど、数日どころか、永遠に住み慣れた土地を離れなくてはいけなくなった人が大勢いた。


先祖代々受け継いできた土地、家族と住み慣れた思い出の家、親しくしていた親戚やご近所さん、家族同様に愛情を注いできた動物たち。

そういう大切にしてきたものを、いきなり外部からの力で奪われて、身ぐるみ剝がされて、それはもう人生を剝奪されたようなものであり、もう一度別の人生を生きることを強要されるようなもの。

そのことに対して償おうと思っても、お金になど換算できないし、もしお金に換算したとしたら、莫大な金額になる。

とうてい誰も責任がとれるようなものでもなく、補償なんて無理なのだ。

樽川さんも、精神的な慰謝料として、事故のあった年に8万円、翌年に4万円をもらったそうだ。

だけど、精神的に受けた傷がそんなもので済まされるはずがない。

事故が起きた時は、もっともっと、根本から変わっていくのかと思っていた。

けれど、最近の様子を見ていると、まるで事故なんかなかったみたいに感じてしまう。

樽川さんの姿は、『大地を受け継ぐ』というドキュメンタリー映画になったという。

本当に苦しんでいる市井《しせい》の人たちの声に、自分自身、もっともっと耳を傾けなくてはいけないと思った。

『チェルノブイリの祈り』を、もう一度読もう。

企画書　2月26日

『これだけで、幸せ』を出してよかったな、と思うのは、多くの方と知り合えたことだ。

ふだんインタビューでお会いするのは、小説を専門とするライターさんだったりする。

けれど、今回はいつもとは違う分野の方たちとお会いする機会に恵まれた。

私よりずっとお若い編集者の方だったり、ふだんなら手にしないような新聞や雑誌だったり。

けれど、そういう方たちがいかにひたむきに日々お仕事をされているか。

小説だけを発表していたら気づかなかっただろう、今まで知らない世界を知ることができた。

それが、何よりの収穫だと思っている。

小説以外のお仕事でオファーをいただいた時の反応は、おおよそ三つのパターンに分けられる。
1、これは絶対に私がやりたい、お受けしたい！
2、これは私ではない方がいいし、私には無理なのでお断りしよう。
このふたつは、ほぼ直感で決める。

ただ、難しいのは、
3、どっちにしたらいいのか、すぐに判断できない。
という場合で、このグレーゾーンの結論を出す時が、もっとも難しい。

決められず、ずるずると時間だけが過ぎてしまう。


この時に参考となるのが企画書だ。

企画書なんかどれも一緒、と思ったら大間違いで、結構、いろんな情報が隠されている。

前の人に出した（もしくは断られた）のをそのまま宛名だけ変えて使っているんだろうなあ、というのがみえみえだったり、中には、宛名自体を間違っていたり。

そういうのは、やっぱりお断りだ。

そんなに私も人がよくないのでね。

でも逆に、無機質な企画書の中に、ほんのちょっとでもその人らしさが垣間見えると、そしてそれに好感が持てたりすると、その方にお会いしてみたいような気持ちになって、前向きに考えるようになる。

このお仕事の依頼をしてくださったSさんの企画書が、まさにそういう感じだった。

そして、実際にお会いしたSさん（男性）は、企画書で想像していた以上に、すてきな方だった。

さてと。

私は明日から、台湾へ行ってきまーす。

台湾かぶれ

3月3日

朝昼ごはんに、薔薇《ばら》パンを食べる。
パンの世界コンクールで見事一等賞に輝いたという、呉さんの薔薇パン。
帰る日の午後買いに行って、文字通り、抱っこして帰ってきた。
ずっしり重くて大変だったけど、買ってきて大正解。
ふわりと、優雅な薔薇の香りがする。

軽く焼いてから、バターとハチミツをつけていただく。
ん〜、幸せ。
合わせて、台北のすてきな茶藝館で見つけた紅茶をいれる。
素晴らしいマリアージュだった。

台湾のもの同士、とても相性がいい。

紅茶といっても、茶葉がきゅっと丸まった、中国茶タイプの紅茶。

一煎めは慎み深く、二煎めは華やかに香りが広がり、三煎めになると軽やかな味わい。

時間と共に刻々と変化する様は、まるで人生のようで、中国茶の奥深さをしみじみと実感する。

その茶藝館では、約二時間かけて中国茶のお茶会にも参加したのだけど、急須の蓋《ふた》に残る香りを嗅いだり、お菓子をいただいたり、本当に静かで、美しい時間を味わうことができた。

今回旅をご一緒したのは、年上の親友、ノンノン。

二人共のんびり屋で、特に観光したりお買い物に飛び回ることもなく、好きな場所でじっくりと空気を楽しむという、ゆったりとした旅ができた。

食べ物も、素晴らしかった。

台湾の屋台風の料理から、雲南、広東、フレンチ風のビストロ、高級中華、モダン中華と、毎回中華をいただいたけど、全然あきない。

でも、いろいろ情報を調べたり、現地に住む台湾の方に教えてもらって行った割に、結局のところ、いちばん美味しかったのが台北イチの高級ホテルに入っているレストランというのは、ちょっと悔しい。

でも、そこの料理は、どれも本当に美味しかった。

中でも、日本円で約600円ほどのコーンスープの味が、忘れられない。

あのコーンスープを飲むためだけでも、また台湾に行きたいくらいだ。

帰る日の朝、ホテルのそばにある市場をのぞいたら、新鮮な野菜やお肉が勢ぞろいしていた。

どれも元気で、いきいきしている。

美味しいわけだ。

人も親切で、治安もよくて、日本にいるのと同じ感覚で町を歩くことができる。

最初は三泊では短いかと思っていたけれど、十分だった。

しかも帰りの飛行機は、気流の関係か、本当にあっという間に着いてしまうし。

今度はぜひ、ペンギンも誘ってあげよう。

しばらく、台湾かぶれが続きそうな予感がする。

今回の旅のいちばんのお買い物は、白いピッチャーだ。

中国の古いもので、これに一煎ずつお茶を移してから、茶碗に注ぐ。

茶器は、台湾出身のコロママからお借りしている。

以前から持っていたガラスのお猪口で飲んでみたら、いい具合に三点セットがそろった。

それにしても、薔薇パンと紅茶、美味しかったなぁ。

人間がつくらなかったもの

3月14日

雨の中、傘をさして銀行へ。

今月中に納めなくちゃいけない税金のお金をおろしに行く。

毎年この季節になると思うけれど、納税者全員がこの作業をやればいいのに。

サラリーマンの方たちは、お給料から税金が天引きされるから、間接的に税金を納めることになる。

でも、私みたいに一度お財布に入ったお金を取り出して納める場合は、もっとシビアだ。

一円でも無駄に使ってほしくないと切実に願う。

もちろん、その気持ちは納税者全員同じかもしれないけど。

一部の政治家の人たちは、まるで自分のお金みたいな顔をして税金を使う。

だけど、血税だってことを忘れないでほしい。

そして、政治家は私たちの税金で雇われているということを、肝に銘じて仕事を全うしてほしい。


この間の新聞に被災者ひとりあたりの復興予算の額が出ていて、びっくりしてしまった。

ひとりひとりにマンションが配られたっておかしくはない金額なのに、当の被災した方たちは、いまだ苦しい生活を強いられている。

あの日から、もう五年が経った。


昨日のNHK特集「原発メルトダウン」は、すごかった。

五年経って、あの時原発がどんな状態にあり、中でどんなことが起きていたのか、よくわかった。

原発は、ひとたび人間が制御できなくなると、猛獣のように暴れて、ただただ人はそれを傍観することしかできなくなる。

それくらい、恐ろしくて、得体の知れないものだということが、しみじみと伝わってきた。

そして、奇跡的に、大惨事を免れたという事実を知って、鳥肌が立った。

そんな重大な危機に直面していたということを、国民は、当時一切知らされていなかった。

むしろ、外国のメディアの方が情報を正確に出していたように思う。

実際、大量の放射性物質が放出されたわけだけれど、もしも、原子炉建屋ではなく、2号機そのものが爆発なんてことになっていたら、本当に、東日本全域に人が住めない状況になっていたという。

そして、そうならなかったのは、何か人間が策を講じた結果ではなく、たまたまそうならなかったと知って、ゾッとした。

いくらなんでもそれではあんまりだからと、神様が猶予を与えてくれたように思えてならなかった。

その後、私たちがどういう選択をするのか、試されているのかもしれない。

私が物心ついてからだけでも、阪神・淡路大震災、東日本大震災と、二度も大きな地震が起きている。

だから、想定外ではすまされないし、巨大地震がまた起きることを想定してすべての物事を決めなくてはいけないのに。

福島第一原発だって、今、中でどんなことが起きているのかも、把握すらできていないのだ。

それなのに、経済優先で次々と原発を再稼動させてしまっていいのかな?

福島の人たちの気持ちを置き去りにしてオリンピックで盛り上がることにも、私は罪悪感を覚えてしまう。

エンブレムだ聖火台だと問題が矢継ぎ早に勃発して、呪われているようにしか思えない。

昨日のNHK特集を見たら、ずどーんと、暗い気持ちになってしまった。

本当は今日、こういうことを書くつもりではなかったのだけれど。

でも、まだご覧になっていない方は、ぜひ再放送を。

3月11日の新聞に、解剖学者・養老孟司《ようろうたけし》さんのインタビューがのっていて、その記事にあった養老さんの言葉が印象的だった。

「一日、十五分でよいから人間がつくらなかったものを見たほうがいい」とおっしゃったとある。

その言葉にハッとして、私は自分の周囲を見回した。

そしたら、見渡す場所すべてに人の手が加えられていて、「人間がつくらなかったもの」が見つけられなかった。

どうしよう、と悲しくなった時、あくびをするゆりねに気づいて安心した。

海とか山とかを当たり前に目にしている人生と、私みたいに都会で人工物に囲まれて暮らす人生では、心の有り様が全く違ってくるのかもしれない。


3・11の後、私が仲良くしていた人たちは、ほとんど東京を離れてしまった。

きっと、その選択は正しいと思う。


3・11があって、ひとつだけ自分に課していることがある。

それは、お風呂に行く時、ビルのエレベーターを使わない、ということだ。

どんなに急いでいる時も、疲れている時も、私は階段をのぼっていく。

私がそれをしたからといって原発をなくせるわけではないけれど、せめて、私なりの忘れない努力だと思っている。

記憶をとどめておくための、鋲《びょう》のようなものかもしれない。

もちろん、被災地にだって希望はたくさんある。

五年前の津波で母親を亡くした少年は、外でサッカーボールを追いかけられるようになった。

その写真を見ていたら、思わず涙があふれてしまった。

毎日を平穏に過ごせるありがたさを、今一度、胸にとどめたい。

春の色　3月17日

今日の夕暮れは、完全に春だった。

薄桃色の空に影富士がくっきりと見えて、なんだか得した気分になる。

優しくて、淡くて、儚《はかな》くて、春ってとってもかわいい季節だ。

どこからか、ぷーんと、甘い花の香りがする。


先日、思いがけずレストランで読者の方とお会いした。

その方は、これまでに二度も、私にお手紙を書いてくださった方だった。

とてもきびきびと働いていて、なんてしっかりしたお嬢さんだろうと思っていたら、なんとなんと、私の本を読んでくださっているとのこと。

こんな素晴らしい方に本を読んでいただいているとは、本当にびっくりぽんだった。

帰り道に、思わずスキップしたくなっちゃった。

物語を書くことはもちろん大好きだけど、基本的には孤独な作業だし、長いトンネルの中からなかなか出られなくなることもある。

けれど、たまにそんな出会いがあると、まるでご褒美をもらったような気分になって、また新しい気持ちで作品と向かい合うことができる。

次の本は、一ヶ月後、来月に出る予定だ。

タイトルは、『ツバキ文具店』。

鎌倉を舞台にした、代書屋さんのお話です。

おやつたべる〜？

3月24日

ちらほら、桜の花が咲き始めている。

枝の先の、よく陽にあたるところだけ、ふわり、ふわり。

でもせっかく咲き出したのに、寒の戻りで凍結状態だ。

早く、わーっと咲けばいいのに。


最近、ゆりねがまたひとつ言葉を覚えた。

今までで確実にわかっているのは「ジャーキー!」と「コロ」だった。

「ゆりね」と呼んでもほとんど無視するし、「おいで」と言ってもポカンとして、ひどい時は逆に遠くへ行ってしまう。

どうしたものか、と悩んでいた矢先、第三の言葉を習得した。

それはずばり、「おやつたべる〜？」だ。

「おやつ」だけでは反応しないのだけど、「たべる〜？」まで言うと、確実に目を輝かせ、しっぽをぴんと立てて近づいてくる。

本当かなぁ、と思って、昨日は別の部屋でぐっすり寝ている時に言ってみた。

すると、眠い目をショボショボさせながらも、タッタッタッタッ、と足音を響かせやって来た。

すごいなぁ。そうやって少しずつ、人間の言葉を覚えていくんだな。

それにしても、ゆりねの食いしん坊ぶりにはあきれてしまう。

うちの犬だから、しょうがないのかもしれないけど。


ちなみにゆりねのおやつは、手作りの人参ビスケット。

米粉と全粒粉に、すりおろした人参を混ぜ、オーブンで焼いたものだ。

塩さえ加えれば、人間にも十分美味しく食べられる。

これを、ゆりねはカリカリカリカリ、実にいい音を出して食べる。

その音を聞きたいばかりに、ついついビスケットをあげてしまう。

先日、おふろに行ったら、電信柱に貼られていた紙がなくなっていてホッとした。

それは、迷子になった犬を探すための貼り紙だった。

何かのアクシデントで、愛犬がどこかに行ってしまったのだろう。

犬の写真の他、性格や特徴、連絡先などが書いてあり、飼い主さんの気持ちを想像すると、胸がつぶれそうになる。

たまにそういう貼り紙を見かけるから、決して珍しいことでもないのだろう。

私も、他人事《ひとごと》ではない。

いつも、もしも急にゆりねがいなくなったら、を想像してひやりとする。

そして、もしもそんなことになったら、私は間違いなく、夜通し、泣きながら探し回るのだろう。

「おやつたべる〜?」「おやつたべる〜?」と大声で叫びながら。手に、ゆりねの好きな人参ビスケットを持って。

私の方が、先に保護されてしまうかもしれない。


今夜のメニューは、カツ丼。

夫婦ふたりの食卓で、カツを揚げること自体めったにないけど、今日はペンギンの仕事場に、二十代の腹ペコボーイが来るというので、お弁当を頼まれたのだ。

腹ペコボーイは本当におなかを空かせていて、これは絶対に食べられないだろう、という量を作っても、律儀に残さず食べてくれる。

昼間、ゆりねを連れてお肉屋さんに行き、トンカツ用のお肉を四枚買ってきた。

それだけの量を作ると、達成感がある。

でも、育ちざかりの子どもがいる家庭では、これを毎日しなくてはいけないのだ。

大変さが、よーくわかった。

ペンギンには、ご飯を少なくしてお重に詰める。

風呂敷に包むと、あまりの重さに驚いた。

さて、今日も空っぽになって戻ってくるかしら？

春しゃぶ

3月27日

昨日から、『これだけで、幸せ』展が始まった。
私も、昨日初めて展示を目にする。
なんだかすごいことになっていた。
でも、どうか誤解しないでくださいね。
わが家は、こんなに素敵ではありませんので（念のため）。

お話会の方も、盛況だった。
たくさんの方が来てくださり、話しかけてくださり、終始なごやか。
ああいうリラックスした雰囲気で読者の方とお会いできるのは、とても幸せなことだ。
最後はみなさんとワインをいただき、夢のようにふわふわした時間だった。

そして次の土曜日は、オカズデザインさんのお料理による、「ゴハンの会」が予定されている。

こちらはまだ、若干、お席のご用意があるそうなので（でも、立食ですが）、もし参加をご希望される方は、お早めにお申し込みください。

夕方四時のスタートです。


昨日は、帰ってからしゃぶしゃぶを食べた。

朝、広島の元宇品《もとうじな》から元気のいい山菜が届いたので、それをどっさりいただく。

春の恵みをいただくしゃぶしゃぶなので、「春しゃぶ」。

山からとってきた、芹にクレソン、谷うどだという。

谷うど、初めていただいたけど、くせがなくて爽やかな味で美味しかった。

うちでは普段はしゃぶしゃぶに豚肉を使う。

だけど昨日は、春だし、奮発して牛肉でのしゃぶしゃぶになった。

一応ペンギンには、牛肉を使うのは特別な時だけだと、念を押しておいた。
基本は、豚です。

一昨日のインタビューのとき、カメラマンさんからいただいたチューリップが、ものすごくかわいい。

こんな儚い色のチューリップ、あるんだ。
どんなに見てもかわいくて、ついつい見入ってしまう。
春だなぁ。
ゆりねも、なんとなく春モード。

活字

4月2日

いつも、自分の本が刊行になるたび、記念に何かを買うことにしている。

基本的には内容に関係するものにしているので、今度の『ツバキ文具店』では文房具にしよう、と思っていた。

それで、活字のセットをオーダーした。

受注生産ということで数ヶ月待っていたのが、ようやく手元に届いた。

大文字や小文字、記号などをセットにしたアルファベットの活字。

小さい箱にきれいに収められたそれらは、ずっしりと重い。

私が選んだのは、ピラネジ・イタリックという書体で、大きさは18ポイント。

本当は下半分にも、びっしりときれいに活字が並んでいたのだけど、うっかり私がその並びを崩壊させてしまったのだった。

そのことを、のちのち深く悔やんだのだけれど、とにかく、やってしまった以上は仕方がない。


これで、名刺を作ろうと思ったのだ。

実は、私は自分の名刺を持っていない。

携帯電話と同じ理由で、私には必要がないからだ。

だから、相手の方からは名刺をいただくけれど、私は渡さない、というスタイルを貫いてきた。

でも、ごくごくたまーに、必要になったりする。

とはいえ、名刺を印刷するのは、百枚単位だったりするので、そんな「ごくごくたまーに」のために印刷するのもなぁ、と思ってためらっていた。

しかし、自分で活字を組んで印刷ができれば、必要なだけ、名刺を作れる。

それで、せっかくだからと活字セットを購入したのである。

けれど、その作業が、思いの外たいへんだった。

まず、文字が小さい。

しかも、ふだん目にする文字と左右が逆に、つまり鏡文字になっているので、自分が手にしている活字がなんのアルファベットか、容易に判断できないのだ。

私が選んだピラネジ・イタリックは、特に飾り文字のように複雑で、パッと見てもよくわからない。

その上、私のメールアドレスがやたらと長かったりする。

名刺には、漢字で受注した「小川糸」とメールアドレスを入れるだけなのに、必要な活字を拾うだけで、何時間もかかった。

できた！　と思っても、実際インクをつけて押してみると、文字の並び方を間違えていたりする。

とにかく細かい作業なので、だんだん目もしょぼくれてくる。

そして私は、かつて活版印刷で本や新聞を作ることが、どれだけたいへんだったかを、思い知った。

私が、自分の名刺を作るために活字を組むだけでもヒーヒーいっているのに、本や新聞なんて、途方に暮れてしまう。

本を作るって、こんなにたいへんだったのだ！

そのことを身をもって知れたことが、今回活字セットを買った、一番の収穫だったかもしれない。

自分の名刺を作れたことよりも。

半日活字と格闘し、ようやく正しい並びで組むことができたら、ホルダーにセットして、一枚一枚、印刷する。

活字セットを持っていれば、その都度、必要な言葉や文章を組み直して使えるから、と思っていたけど、せっかく自分の名刺用に組んだ版を、この先果たして崩す勇気があるだろうか。

このまま、名刺専用になってしまう予感がする。

でも、自分でやってみる、ということに意味があったのだと思いたい。

そう、思うことにしよう。

ちなみに、ようやくできた活版印刷による名刺の仕上がりは、ゴム印で押すのと少しも変わらなかった。

でも、活字セットとのお付き合いはまだ始まったばかりなので、これから時間をかけて、少しずつ、他に有効な使い方がないかを模索するつもり、です。

ムヒカさーーーーーーーん！

4月5日

そう声を上げながら、空港までお出迎えに行きたいくらい、大好きな大好きな大好きなムヒカさんが、今日、来日するとのこと。

ホセ・ムヒカさんは、南米のウルグアイで大統領をつとめていた方で、「世界でいちばん貧しい大統領」と言われている。

大統領公邸にも住まず、自ら畑を耕し、畑のわきの粗末な平屋に妻と暮らす。

所有している主な財産は、１９８７年製の古めかしいフォルクス・ワーゲン一台のみ、という人だ。

数日前、新聞にムヒカさんのインタビューがのっていた。

ムヒカさんの言葉が、いちいち胸にしみてくる。

「私が思う『貧しい人』とは、限りない欲を持ち、いくらあっても満足しない人のことだ。でも私は、少しのモノで満足して生きていける。質素なだけで、貧しくはない」

「モノを買うとき、人はカネで買っているように思うだろう。でも違うんだ。そのカネを稼ぐために働いた、人生という時間で買っているんだよ。生きていくには働かないといけない。でも働くだけの人生でもいけない。ちゃんと生きることが大切なんだ。たくさん買い物をした引き換えに、人生の残り時間がなくなってしまっては、元も子もないだろう。

簡素に生きていれば人は自由なんだよ」

そして、こうもおっしゃっている。

「左であれ右であれ宗教であれ、狂信は必ず、異質なものへの憎しみを生む。

憎しみのうえに、善きものは決して築けない。

異なるものにも寛容であって初めて、人は幸せに生きることができるんだ」

こんなふうに、正しいことを、わかりやすい言葉で正々堂々と語ってくれるリーダーが、日本にもいたらいいのになぁ。

ムヒカさんは、今の世界の状況を、

「すべてを市場とビジネスが決めて、政治の知恵が及ばない。まるで頭脳のない怪物のようなもの」

と語っている。

本当にそう思う。

ムヒカさんが日本人に対して、「結局、皆さんは幸せになれたのですか」と問うている。

その意味するところは、とても重たいように思う。

わが家のトイレには、ラトビアにおける十得を書いた紙が、壁に貼り付けてある。

だからトイレに入るたび、十得が目に入る。

ムヒカさんのおっしゃっていることと重なる。

実は、私は今、おそらく人生の大きな決断を迫られている。

この一月ほど、ふだんは避けて通ってきた人生の「ままならないこと」に直面していた。

判断を誤ると、またこれから先の人生も、長きにわたって苦しむことになる。

正直、失踪したいほど辛いけど。

でも、そんな時に道しるべとなってくれたのが、ラトビアの十得であり、ムヒカさんの言葉だ。

とにかく、私はすこやかに、ほがらかに、生きていきたい。

どんなに泥沼に足をとられても、太陽の方を向いていられる人生でありたいと。

そう気付けて、本当によかった。


ムヒカさーーーーーーーーーーーーん!!!

心の中で、さっきから歓迎の小旗を振っている私。

ムヒカさんは、私の心のアイドルです。

犬の輪

4月10日

散りゆく桜の下を、ゆりねと歩く。

ゆりねは、あと二ヶ月ちょっとで二歳になる。

肉体的には、ほぼ大人だ。今、体重が4・7キロある。

散歩に行くと、自分の好きな匂いを見つけて動かなくなるし、興味のある方へグイグイ引っ張る。

気が向かない時は、歩きたくないモードを全開にしてのたのた歩くし、逆に気分がのっている時は、率先してノリノリでスキップする。

食いしん坊はますます加速している。

近頃は、道ばたに落ちているものも、「食べ物」とわかった瞬間口に入れてしまう。

何かを食べている人に出くわすと、じーっとその人を見て、動かなくなる。一度など、道の反対側でコロッケを食べながら歩くおじさんを見たまま微動だにしなくなり、結局ゆりねは、そのおじさんからコロッケをうばっていた。

土の上を歩くと、とつぜん「ユリネザウルス」のスイッチが入ってしまい、ガォ〜グギャ〜と雄たけびをあげながら、興奮して縦横無尽に走り回る。

おなかが空くと体をかく癖が止まらなくなるし、ゴハンの用意をしていると、早くよこせ！　と催促して、ビョンビョンビョンビョン、私の体に体当たりしてジャンプしてくる。

つまり、世間一般でいうと、ゆりねはダメ犬街道まっしぐらで、幼稚園でも、気がつくと札付きのワル犬に分類されてしまっている。

ただ、そんなゆりねでも、私やペンギンにとっては本当に愛おしい存在で、ゆりねが家族に加わってくれたことで、いいことずくめなのだ。

ゆりねは、間違いなく、わが家に幸福をもたらしてくれた。

夜、私が布団に入ると、ゆりねがそばにやってきて、私の腕枕で抱っこされて眠る。体重のかけ方や頭ののせ方に、少しの遠慮もない。

ドスッと、思いっきり体を預けてくる。

正直、だんだん腕がしびれてくるし、重いのだけど、スースー寝息を立てながら寝ている姿は、本当にかわいい。

最初は、ゆりねに関してわからないことばかりだった。

でも最近は、今は抱っこしてほしいんだな、とか、この催促は遊ぼうといっているんだな、とか、あ、トイレに行きたがっているな、とか、今はかまってほしくないんだな、とか、そういう心の機微がわかるようになってきた。

そうなると、ますます情がわいて、絆《きずな》が深まり、かけがえのない存在になっていく。

実際、私はもうゆりねのいない生活など考えられない。

ゆりねが死んでしまったら、その後の人生をどうやって生きていけばいいのだろう、と今から途方に暮れてしまう。

ゆりねを連れて歩いていると、向こうから歩いてくる人や自転車に乗っている人が、ニコッとほほえむことがよくある。

何も言わずに通り過ぎるだけだけれど、その顔には、優しい笑みが広がっている。

そのほほえみに出会うたび、ゆりねはそれだけで、社会に貢献しているのだな、と思う。

ただ一生懸命生きているだけでも、誰かをほほえませ、平穏をもたらしてくれる。

もうあと二年で九十歳になるという近所のおばあさんは、「やっぱりちゃんとわかるんだねぇ」と何度も同じ言葉を繰り返しながら、ゆりねの頭をなで回していた。

犬が好きで、以前は犬を飼っていたのだが、さすがにもう年齢のことを考えると自分では飼えないという。


こんなふうに、ゆりねを連れて歩いていると、たくさんの出会いがある。

歩行器を使って一生懸命に歩く練習をしている女の子がいる。

車椅子にのるおじいさんは、カメラをかまえ、熱心に花の写真を撮っていた。

晴れた日、所狭しとベランダ中に布団を干して、それらをせっせと叩く女性もいる。

公園の一角に取り残された古い民家に住む高齢の女性は、いつも庭の草花の手入れをおこたらない。

そういう出会いは、すべてゆりねがもたらしてくれたもの。

ゆりねからの、すてきなギフトだ。
私の家族は、ペンギンとゆりね。
やっぱり、血のつながる自分の子どもを産まなかったのは、正解だったかもしれない。
きっと、どっちも私より先に死んでしまうだろう。
願わくば、ゆりねが旅立つ次の日に、私の人生も終わればいいのに。
人生って、切ない。

今日の、ゆりね。
先日わが家にやってきたばかりのラトビアのバスケットで、初お昼寝中。
初めての環境でも、すぐに眠れるゆりねはすごいと思う。
たいていのことは気にしない。
相手が怒っていても、どこ吹く風でケロッとしている。
スーパーナチュラル、スーパーマイペース、スーパーおおらか。
美味しいゴハンさえ食べていれば幸せ。
私も、そんなふうでありたい。
ゆりねを、心から尊敬する。

カレー曜日

4月14日

頭がぼーっとする。喉が痛い。目がしょぼしょぼする。洟《はな》が出る。ゾクゾクと、嫌な悪寒がする。

数日前から、こんな症状が続いているのだ。

もう、花粉は終わったかと思っていたのに。こんなにひどいのは、数年ぶりである。

今も、パソコンの文字がかすんでよく見えない。


諸事情により、気がつけば、家が散らかって殺伐としている。

このままではいけない、と思い立ち、とりあえず掃除をして、部屋の中を片付けた。

心の中がいっぱいいっぱいな時ほど、掃除とか、家事をするといい。

そして、きれいになった台所で、カレーを作った。

私の書く作品には、よく、カレーが登場する。

「意図的にですか？」とインタビューで聞かれたりするけれど、自分では、全く意図していない。

でも確かに、後から読み返すと、かなり大事な場面で登場人物たちがカレーを作ったり食べたりしている。

改めて考えると、カレーは手元にある材料で、誰もが簡単に作れる。

もちろん、いくつものスパイスを組み合わせた本格的なカレーもあるけれど、ルーを使えば、誰だって失敗せず、基本的には美味しくできる。

私にとってカレーは、リセットする、という意味を持っているのかもしれない。

昨日は、しとしとと雨が降っていた。

そうだ、カレーを作ろう、と思い立ち、何があるか材料を見る。

根っこがボサボサに生えた里芋やら、芽が出かかったジャガイモやら。

半分だけ残された玉ねぎもあるし、いただきものの小松菜もある。

あと、数日前お吸い物にした残りの舞茸もあった。

野菜は、これで十分。


でも、途中でお肉がないことに気づいて青ざめた。

どうしよう。外は、雨。買い物には行きたくないしなぁ、と思っていたら、冷凍していた鹿肉の存在を思い出した。

というわけで、鹿肉のカレーを作った。

一晩寝かせ、今朝、いただく。


市販のルーを使った鹿肉のカレーは、ペンギンに大好評。

「ふつうのカレーだ」と言って、喜んで食べている。

ペンギンはふだん、私が作った「ふつうじゃない凝ったカレー」を、よっぽど渋々食べているに違いない。

残り物で作ったカレーだったけど、その残り物を無駄にせずに済んだと思うと、気持ちが晴れてくる。

それにしても、花粉が辛い。

ちなみに、ゆりねもスギ花粉のアレルギーによるのか、片目が完全に開かなくなってしまった。

ゆりねは、犬が相手だと全く空気を読まないけれど、(なので威嚇《いかく》して怒っている相手にも、尻尾をぶんぶん振って近づこうとしたりする)こと人が相手だと、ものすごくその場の空気を読む。

もともと犬は、とても「感じる」動物だといわれている。だから、飼い主と犬が同じ病気を患ったりするのだと、以前、本で読んだ記憶がある。

だからゆりねにも、私の波長が移ってしまったのかもしれない。

夫婦喧嘩をしている時のゆりねなんか、もう見ていられないくらいしょんぼりしてしまう。

ゆりねの健康のために、ペンギンと仲良くしなくては、と思う。


それにしても、このクシャミ、どうにかしてほしい。

さっきから、百連発だ。

そのたびに、ゆりねが飛ぶようにびっくりしている。

雷だってへっちゃらのゆりねが、唯一苦手とするのがクシャミなのだ。

でも、あんまりびっくりしたせいか、腫れて閉じられていたまぶたが、だいぶ開いている。

こんな時こそ、気持ちを明るく、前向きに。

と思っていたら、さっき、『ツバキ文具店』の見本が届いた！！！！

私の、何冊目の長編小説になるんだろう。

これから、ご対面である。

手紙時間

4月17日

新しい本が届いた。

うれしくて、うれしくて、るんるんしてしまう。

今回、装丁をしてくださったのは、名久井《なくい》直子《なおこ》さん。

すみずみにまで気を配り、穏やかで美しい本に仕上げてくださった。


週末の朝、装画のしゅんしゅんさんと、本の中に登場する手紙を代筆してくださった萱谷恵子さんにお礼の手紙を書く。

手紙って、自分の心に余裕がないと書けないものだ。

相手と向き合うと同時に、自分とも向き合わなくてはいけない。

心がささくれだっている時は、手紙など書いていられない。

だから、手紙が書けるかどうかは、自分の心の状態を知るバロメーターになる。

私の場合、もっとも心を込めて書きたい時は、勝負万年筆を使う。

ペリカンの万年筆は、以前、ポプラ社の吉田さんからいただいたものだ。

インク瓶にペン先を浸して、きゅーっと吸引させる時の作業がたまらなく好きだ。

そのたびに、前回吸い込んだインクがすべて文字となって誰かのもとに飛び立っていったのだな、とふしぎな気持ちになる。

ただし、どんなに心を込めて書いているつもりでも、後から読み返すと、自分の字にはもどかしさを感じてしまう。

もっときれいに書けるようになりたい、と思ってお習字のお稽古にも通い始めたけれど、まだまだ道は長いようだ。

封筒に住所を書き、送る相手の名前を書き、切手を選び、裏返して自分の住所と名前を書く。

それから、手紙を入れて封をする。

すべてが、一連の儀式だ。

今日は、最後の最後までこだわって、蠟を溶かして封蠟する。
小さなスプーンで蠟を溶かしたら、封筒の閉じ目の上にぽとりと垂らし、上からシーリングスタンプで押しつける。

そうすると、瞬時に蠟が固まって、蠟の上に模様が現れるという仕組みだ。

私が持っている封蠟セットは、何年か前ローマの文学祭に呼ばれた時、路地裏の文具店で見つけたもの。

あらかじめ蠟が一個一個チップ状になっているので、とても使いやすい。

最後に、手紙全体の重さをチェックした。

はかりに使っているのは、ベルリンの蚤《のみ》の市で見つけたもの。

レトロ感満載だけど、ちゃんと、正確な重さを教えてくれる。

重量をオーバーすると、追加の切手を貼らなくてはいけないので、この作業はとっても大事。

あとは、ポストに投函し、相手に届くのを待つのみ。

今度の『ツバキ文具店』の主人公・ポッポちゃんは、代書屋として、こんなふうに誰かの手紙のお手伝いをしている。

きっと、私らしい物語になったんじゃないかなぁ。

発売は、21日です！


それにしても、熊本をはじめとする九州での地震の被害が甚大だ。

福岡に友人が住んでいるのでメールを送ったら、地震は地球の整体だから、と返事がきた。

確かに、私達が地球に住む以上、地震そのものをなくすことはどうしたってできない。

だから、備えをきんとすることが大切なのだと、改めて思った。

早く、地震活動がしずまることを祈っている。

やっぱり、鎌倉は

4月28日

久しぶりに、鎌倉へ行ってきた。

東京からは、湘南新宿ラインで一時間ほどで到着する。

大船を過ぎる頃から、空気がぎゅっと濃くなって、北鎌倉になると別世界になる。

緑もわさわさと茂っていて、時間の流れがゆっくりになる。


今回は、『王様のブランチ』の撮影の仕事だった。

駅で待ち合わせして、物語に登場する場所を回りながら、お話をする。

やっぱり、鎌倉はいいなぁ。

私が仮住まいしていたのはほんの数ヶ月だったけど、あの数ヶ月があるのとないのとでは、人生が大きく違っていたように思う。

それにしても、鎌倉に暮らす人たちは、どうしてあんなに濃密なのだろう。人間としての密度が濃いというか、ぎゅっとパワーが凝縮されているように感じる。

鎌倉に暮らすのは、決して楽ではなかった。湿気もすごいし、虫もたくさんいる。坂も多いし、東京ほど「便利」ではない。だから、ただの憧れだけで住んでしまうと、鎌倉に根をおろすことができない。長く鎌倉に住んでいる人には、自分はこの地に住みたくて住んでいるのだ、という強い意志を感じる。

不便であることを、むしろ楽しんでいる。

久しぶりに鎌倉の町を歩いたら、三年前の仮住まいが、とても懐かしくなった。

そして、機会があったらまた鎌倉に暮らしたいな。できれば今度は海の方もいいかもしれない、なんて思っている。

今回は、ゆりねも連れて行った。

ということで、ゆりねは鎌倉デビュー。

犬にとっても、鎌倉はとても環境がいいと思う。

私が仕事をしている間、ゆりねはかずきさんに預かってもらった。

かずきさんが飼っているラブラドール、エリンギちゃんと、一緒にお散歩を楽しんだらしい。

鎌倉には、お寺や神社がたくさんあるから、散歩コースにも事欠かない。

ゆりねは犬と遊ぶのが好きで、しかも大きい犬が大好きなので、エリと遊べたのは至福だったようだ。

5キロのゆりねをキャリーに入れて連れて行くのは正直たいへんだったけど、でも一緒に行けてよかった。

私もゆりねも、鎌倉の空気を思う存分堪能した。

新緑がきれいで、いたるところに花が咲いていて美しかった。

鎌倉にいると、何度も深呼吸をしたくなる。

遠足してすっかり疲れたらしく、帰りの電車の中では私もゆりねもぐっすり。

ゆりねは帰宅後、微動だにせず気持ちよさそうに眠っていた。
寝顔が、明らかに満たされている。

これから鎌倉は、紫陽花《あじさい》の季節。
段葛《だんかずら》の工事も終わったし、本を片手に、遠足気分で鎌倉の町歩きを楽しんでいただけたら幸いです。

鎌倉で手紙を書く、なんていうのも、いいですね！

作る、作る、食べる、作る

5月6日

今年のゴールデンウィークは、お正月みたいだった。
家にいる分には、とても静か。
近所を歩いても、ひっそりと静まり返っている。

連休の初日に八百屋さんへ行ったら、もうらっきょうが並んでいた。
そっか、もうそんな季節なんだな、と思ったら、ひとりでに手が伸びていた。
家に帰って水で洗うと、ものすごくいいらっきょうだった。
らっきょうはすぐに芽が出てしまうから、とにかく早く処理をする必要がある。
きれいにしてから、根っこと頭（?）の部分を落として、熱い漬け汁に漬け込んだ。
ちなみに、漬け汁はいつも適当。

だから、すごく美味しい年と、あれ？　という年がある。

去年は、すごく美味しくできたっけ。

今年のらっきょうには、残っていた梅酢を使ってみる。

さて、今年のらっきょうの出来はいかに？

翌朝、朝日を浴びるらっきょうは、なんだかすがすがしかった。


近ごろ愛用しているのは、野村紘子さんの料理本だ。

彼女は、料理家・野村友里さんのお母様で、とてもセンスのよい料理を作る。

私が持っている『消えないレセピ』には、季節ごとに紘子さんが作り続けてきた料理の数々が紹介されている。

その中で、もっとも「作ってみたい」と思ったのが、「えびと蓮根のシガレット」だった。

春巻きの皮に、えびと蓮根を合わせて細かくしたものを入れて、油で揚げるというもの。

私は、春巻きの皮ではなく、もっと薄いワンタンの皮で初挑戦。

残ったのは、翌朝、今度は茹でて、台湾で見つけたビーフンと合わせて食べる。

こちらも、なかなか美味しかった。

えびと蓮根以外に、アクセントになるようパクチーなんかを入れてもいいかもしれない。あとは、季節の野菜、アスパラガスを使ったキッシュを焼いたり、石垣島から届いたパイナップルで、タルトを焼いたり。

作って、作って、食べて、作って、台所に立ちっぱなしの連休だった。
ゆりねも、トリミングに行ったので、つるっつる。
トリマーさんにお願いするときは、「丸坊主にしてください」と頼んでいる。
サマーカットとはいい表現で、実際はエコノミーカットだ。
だから、ゆりねは冬でもサマーカット。
ゆりねにはちょっと気の毒だけど、すぐに伸びてしまうので仕方がない。
ゆりねのトリミング代は、結構、ばかにならないので。
開け放った窓のそばで、気持ちよさそうに眠っている。
連休が終わってしまうのが、少し切ない。

本とコーヒーで

5月20日

たそがれビールが、美味しい季節になってきた。

おふろから帰って、晩ごはんの支度を終えて、おかずをつまみながら軽く一杯やるのがたまらない。

このくらいで、季節がとまってくれたら、いいのになぁ。

今も、窓から気持ちのいい風が吹いている。

『ツバキ文具店』の刊行から、ほぼひと月が経った。

手紙を題材にした物語のせいか、たくさんの、本当にたくさんの読者カードやお手紙を送っていただき、心から感謝しています。

ありがとうございます！！！！

あー、私の投げたボールが、ちゃんと届いたんだなぁ、ということを、ひしひしと実感する。

もちろん、百人中百人にびしっと届けられるわけではないし、全員にいいと言っていただけることはありえないのだけれど、それでも、届く人のもとに届けることができたことを、とてもとてもうれしく思う。

書いている間、私はそれほど幸せではなかった。

むしろ、辛いことの方が多かった。

でも、蓋を開けてみると、なんだかふわふわして、空気がたっくさん入った、おおらかな物語ができていた。

今は、いろんなことをひっくるめて、この作品を書くことができて、よかったな、と思っている。

デビューして八年経ち、ようやく、肩の力を抜いて書くことができたのかもしれない。

今日は、ジャムを作っているみつこじのみっちゃんと、スペイン料理のランチを食べに行ってきた。

なんとなんと、みつこじのジャムが、イギリスのマーマレードコンテストでゴールドメダルを受賞したのだ。

今日は、そのお祝いのランチ。


金曜日の午後は、こんな感じで、誰かと会ったり、ふらりと好きなカフェに行ったりする。最近はずっと、金曜日の午後にインタビューを入れていたので、久しぶりに、仕事以外の時間をのんびり過ごせて楽しかった。

私は、通りすがりのメガネ屋さんで、ショーウィンドーに並んでいたサングラスを買ってしまった。

最近、目が見えづらくなっているので。

目のためには、ふだんから、外を歩くときもサングラスで目を守ってあげた方がいいらしいのだ。

サングラスは、(たしか)ベルギーのブランドで、注文してから送られてくるらしく、手元に届くのは二週間後。

ずっとサングラスが欲しかったから、いい出会いだった。

ここでひとつ、お知らせです。

私も、ときどき金曜日の午後にふらりと遊びに行っていた「本とコーヒー tegamisha」で、今度、お話会をすることになりました。

ゲストには、今回、『ツバキ文具店』の中に登場するすべての手紙を書いてくださった萱谷恵子さんをお招きします。

それにともない、私のブックフェアも開催されます。

ぜひぜひみなさま、遊びにいらしてください。


「本とコーヒー」は、本当に好きな場所。

二階の 2nd story にはすてきなものがたくさんあって、ついつい、ポストカードやかわいいおやつなどを買ってしまう。

そんな、自分の好きな場所でお話会やフェアをしていただけるのは、とてもうれしい。

お会いできるのを、楽しみにしております!

ふく、ふく、ふく、ふく

5月31日

どうやら、お掃除スイッチが入ったらしい。

日曜日、朝起きたらむくむくと掃除がしたくなる。

気がつけば、床がかなり汚れている。

それだけ見ている分にはわからないけれど、キリムを敷いているところと較べると、一目瞭然だ。

特に、わが家は犬がいるので、床は知らず知らずのうちに汚れているのかもしれない。

ふだんは、ほとんどルンバにお任せしているけれど、ルンバでも、落とせない汚れはあるのだろう。

ということで、大々的に床の雑巾がけをすることにした。

しかも、これまではただ水拭きするだけだったけど、今回はふと、重曹を使ってみようとひらめいた。

結果は、大正解。

まさか、ここまできれいになるとは思っていなかった。

何年か前、やっぱりプロは違うのだろうと思って、ハウスクリーニングを頼んだことがある。

確かに、一生懸命きれいにしてくれたのだけど、終わってから、洗剤の臭いが気になって仕方なかった。

ふだん、うちではなるべく環境に負担のないものを使っているので、合成化学洗剤の臭いをかぐと、頭が痛くなってしまう。

重曹なんかを使ってきれいにしてくれるプロのお掃除サービスがあったら、きっととても需要があると思うのだけど、そういうやり方をしているところは、あっても少ないのだろうなぁ。

でも、絶対に落ちないだろうとあきらめていた台所の床も、重曹を使ったらみるみるきれいになった。

こんなに簡単なら、他の人の手を借りるまでもないのかも。

自分ではできそうにない換気扇なんかは別だけれど。

ほんの数時間床磨きに専念しただけで、部屋が、見違えるように明るくなった。

床も、スベスベ。赤ちゃんのお肌みたいだ。

毎年、大掃除をするのはこの時期になる。

うちは夏に家を長期であけることが多いので、その前に気持ちよくしておこう、と思うからだ。


床がきれいになったら、次は窓拭き。

窓拭きって、やってみれば簡単なことなのに、やるまでに時間がかかる。

でも、窓がピカピカだと気持ちがいい。

そういえば、聞いた話だけれど、ドイツでは、窓が汚れていると、ご近所さんから注意されるという。

ドイツ人って、本当に掃除好きだ。

見習わなくては！

あー、今日で5月も終わり。
明日からは、6月だ。

鎌倉へ

6月6日

先週の木曜日、一泊で鎌倉へ行ってきた。

やっぱりいいなぁ。

なんなんだろう、あの空気感は。

時間が、本来のあるべき速さで進んでいるというか、無理がないというか。

夜、初めての場所にひとりで泊まるのでちょっとだけ怖かったけど、でも心配していた金縛りには遭わずに済んで、ホッとした。

家から、岩塩を持っていって枕元に置いたのがよかったのかもしれない。

朝は、うぐいす時計で目が覚めたのも気持ちよかった。

鳥のさえずりを聞いているだけで、私はとっても穏やかな気持ちになれる。

観光名所の八幡様ももちろんいいけど、私は鎌倉のいちばんの魅力って、何気ない路地のような気がしている。

ただただ歩いているだけで、幸せだ。

川の水がさらさら流れ、鳥がさえずり、道ばたに野の花が咲いている。

そろそろ、紫陽花も咲き始めていた。

鎌倉には、明月院とか、紫陽花の名所がいくつかあるけれど、わざわざ混んでいる所に行かなくても、紫陽花を楽しめる場所はたくさんある。


次の日が、「本とコーヒー」でのお話会だったので、みなさんへのお土産にと思って、鳩サブレーを調達した。

鳩サブレーは、観光客だけではなく、地元の方たちにも愛されているのが素晴らしいと思う。

そして、豊島屋さんのお菓子は、鳩サブレー以外にも美味しいものがたくさんある。

私は、鳩の形をしたちっちゃい落雁《らくがん》みたいなのが、好きだ。

名前をなんていったのか、思い出せないけど。

お話会には、たくさんの方が来てくださった。

本の中の手紙を書いてくださった萱谷さん、カバーなどのイラストを描いてくださったしゅんしゅんさんと並び、楽しくお話させていただいた。

私も含め、三人とも「かく」仕事をなりわいとしている。

萱谷さんの、「手紙にも旬がある」という言葉が、印象に残った。

確かに、そうだ。

うまく書けなかったから出さない、とするのではなく、うまく書けなかったこともすべて含めて、今の気持ちなのかもしれない。

そして、字は上手い下手ではなく、そこに気持ちを込めるかどうか、が大切だということ。

気持ちを込めて丁寧に書けば、たとえ結果的に美しい字にはならなくても、相手にその誠意は届くのだと思った。

今回『ツバキ文具店』のために萱谷さんが書いてくださった手紙の実物は、本当に素晴らしいので、ぜひぜひこの機会に、ご覧になってください。

それにしても、壁一面に並べられた自分の本に圧倒された。

この八年で、ずいぶんとたくさんの本を出していただいたのだな。

いつも、目の前の一冊のことだけを考えて仕事をしているけれど、それが、一歩、二歩と少しずつ前に進んで、気がついたら、スタート地点よりだいぶ遠くまできている。

八年も、「書く」ことを続けてこられたなんて、本当に幸せなことだ。

それを支えてくださっている読者のみなさん、心からありがとうございます。

また、次の一冊をお届けできるよう、がんばりますね。

お話会の最後に参加者の方からの質問を受け付けたのだけど、あー、もっと別の言葉で伝えればよかった、とか、あのことを話せばよかったのに、と、いつもながら一人反省会が続いている。

でも、楽しかったな。

あぁいうリラックスした形で読者の方とお会いできるのは、とてもうれしい。

参加してくださった皆様に、心からの感謝を申し上げます。

またいつか、どこかでお会いできますように！！！


おまけ。

そろそろコーヒーゼリーの季節です。

作り方は、とても簡単。

濃いめにいれたコーヒー４００ccに、ゼラチンパウダー一袋をとかして、冷蔵庫で冷やすだけ。

そうすると、かなりゆるゆるのゼリーができます。

食べる時は、はちみつと牛乳をかけて。

蒸し暑い日に、たまらないデザートです。

今年の夏は　6月14日

あっという間に、この日を迎えてしまった。

鎌倉に一泊した後、さらに山形に一泊、広島に一泊と、あっちこっち飛び回るような日々だった。

広島へは、お世話になっている本屋さんへご挨拶にうかがう。

『ツバキ文具店』を応援してくださって、本当に本当にうれしかった。

ありがとうございます！


広島から東京に戻る途中、新幹線だったので、大阪に立ち寄った。

京都には何度も行っているのでだいたいの地理がわかるけれど、大阪は数えるほどしか行ったことがない。

電車に乗りながら、ドキドキしてしまった。

そして無事に、裸雛《はだかびな》と睦犬《むつびいぬ》をゲット。

住吉大社に行かないと、これらを買うことができないのだ。

ものすごーく暑い日だったけど、がんばって行ってよかったな。


睦犬は、わが家のトイレの本棚で、静かに愛を育んでいる。

この、二匹の表情がたまらないのだ。

コロとゆりねは、結局こうならなかったけど。


今日は、朝から清掃。

もう一度、重曹を使って台所まわりをきれいにする。

明日から、長期で家を不在にするのだ。

そう、今年の夏も、わが家はベルリンへ大移動。

ただし、これまでと様子が違うのは、ゆりねも一緒だということ。

家族になった以上、ゆりねだけお留守番させるわけにもいかないので、今回はふたりと一匹の群れで、行動を共にする。

ちなみに、ゆりねもキャリーに入れて、客室に乗せられる。

残念ながら日本の航空会社ではまだ無理だけれど、欧米系の会社だと、規定の条件さえクリアすれば、客室で一緒に移動できるのだ。

キャリーから出すことはできないものの、足元にいて常に様子がわかるので、貨物室に預けるより、ずっと心配事は少なくなる。

あとは明日、機内でおとなしくしてくれることを祈るばかり。


味噌や調味料は冷蔵庫にしまったし、食材もほぼ使い切った。

留守番のぬか床には、塩で蓋もしてある。

掃除も一通り終わったし、新聞も止めたし、荷造りも済んだし、後は明日の朝、空港に向かうだけになった。

こんなふうに、家族みんなでベルリンに大移動できるのは、あと何回できるかわからない。

もしかすると、これが最後かもしれない。

だから、思いっきりベルリンの空気を吸いに行ってこよう。

ドイツに入ってすぐ、ラトビアへの取材もひかえているし、またたくさんのエネルギーを吸収しなきゃ。

先日、神楽坂のお店で福だるまを見つけた。

マトリョーシカと同じ構造になっていて、胴体の部分をくるっと回すと、上下に分かれ、中に物が入れられる。

9月になって、ゆりねとペンギンと全員元気に帰ってこられたら、小さい目を入れてあげよう。

そして、願い事が叶うたびに少しずつ目を大きくしてあげよう。

69な年に

6月17日

今、こちらの時間は朝の七時前。外は、雨。

向かいのアパートに暮らす女性が、窓から空を見上げている。

無事、ベルリンに到着した。

ミュンヘンで乗り換える際、機材のトラブルとかで三時間ほど飛行機が遅れるというトラブルはあったものの、その日のうちにアパートまでたどり着くことができた。

日本で朝を迎えてから、ほぼ丸一日起きていた計算になる。

羽田からミュンヘンまでのフライトは、十一時間半。

長時間の移動がゆりねにどう影響するのか気がかりだったけれど、基本的に彼女はグーグー寝ていた。

さすが、スーパーナチュラル。

あまりに静かなので、弱っているのではないかと心配になって体をゆすると、逆に迷惑そうな眼差しで見返されることが何度もあった。


ドイツに犬を持ち込む条件は、マイクロチップの装着とワクチンの接種で、書類さえきちんと揃えておけば、出国の手続きも入国の手続きも、あっという間。

ドイツの入国の際なんて、それが検査だと後から気づいたくらい、簡単なものだった。

ミュンヘンの空港では犬をリードにつなげば歩かせられるので、待ち時間もたっぷりあった分、たくさん歩かせることができた。


今回も、7月末までは、クロイツベルクにあるアンナさんの部屋にお世話になる。

このアパートに滞在するのも、もう何回目になるのか思い出せない。

勝手知ったるアパートなので、深夜に着いても安心だった。

これまで、ベルリンにあるいくつかの部屋を借りて住んだけれど、この部屋は間違いなくもっとも暮らしやすく、快適だ。

きちんと物があるべきところに収まっているので、とてもすっきりしている。

昨日は、とりあえず着いたばかりなので、洗剤やら食料品、ゆりねのドッグフードなどの買い出しに行った後、日本から持ってきたお米を炊いてジャコご飯を食べ、それからゆりねも連れていつものカフェへコーヒーを飲みに行ってきた。

相変わらず、コーヒーが美味しい。

勢いづいたペンギンが、アボカドのサンドウィッチやらシナモンロールを頼んでいた。

そして夜は、近所のイタリアンへ。

やっぱり、ここにもゆりねを連れて行く。外のテラス席は基本的に犬オーケーだけど、店の中も、結構な確率で犬を連れて入ることができる。

もちろん、騒がずに他のお客さんに迷惑をかけない、というのが条件ではあるけれど。

1日目として、ゆりねの態度はまずまずの合格点だった。

こっちにいる間に、賢いベルリンの犬たちを見習って、よりちゃんとしたマナーを身につけるというのが目標だ。

念願のベルリンデビューを果たし、ゆりねはかなり得意顔になっている。

日記を書いているうちに、雨がやんだようだ。

今日は、ペンギンの誕生日。

いよいよ、六十代最後の一年が始まる。

ということで、ペンギンにとって、今年は６９（ロック）な年なのだとか。

ずっと行きたいと話していたアパートのすぐ目の前のレストランが、あいにく今日は満席だったので、今夜は家でお祝いをする。

ペンギンにとって、充実した一年になりますように！

緑があるだけで

6月19日

ベルリンに着いて、初めての週末。

いったい、この空気感は何なんだろう、と思う。

ベルリンに来るたびに感じる、時間の流れの正しさ。

ゆっくり、でもなく、早く、でもなく、ちょうどいいというか、正しいというか、時間が本来あるべき姿で流れているように感じるのだ。

その原因が何なのか、ずっとわからなかったのだけど、今回、それはもしかして緑の力なのかな、と気づいた。

ベルリンには、木がとても多い。

町の中心には大きな公園があるし、今住んでいるアパートのそばにも、大きな公園がある。

町全体が「森」といってもいいくらいで、街路樹もたくさんある。

ベルリンでは見慣れた街路樹だけど、日本で、このくらいたくさん木が生えている道路は、ほとんどない。

私がすぐに思いつくのは、銀座にある通りだけだ。

窓の向こうに緑が広がっているだけで、豊かな気持ちになるし、木がたくさんあるということは、鳥もたくさんやってくるということで、たえず、美しいさえずりが響いている。そんな簡単なことで、とてもリラックスした、穏やかな気持ちになれるのだ。

だったら、日本にももっともっと木を増やせばいいのに、と思うけれど、なかなかそうはならないのが現実なのだろう。

昨日、ペンギンの誕生日祝いに行ったお店は、素晴らしかった。

本当に、道を渡るだけ。

とうとう、ベルリンでもこういう料理を出すレストランができたと思うと、うれしくなる。

ドイツには美味しいものがない、と思っている人たちの固定観念を、大いにくつがえしてくれるに違いない。

お店の雰囲気も、くだけているのだけど、ちゃんとしているところはちゃんとしていて、まさにベルリンスタイルだ。

一見葉っぱに思える壁には、ソーセージや生ハム、タコなんかが描かれていて、この変態チックなところも、ザ・ベルリンという感じ。

69な歳をお祝いするのには、最高のレストランだった。


今日は、ゆりねも連れて、ティアガルテンを目指す。

ティアガルテンというのは、町の中心に大きく広がる公園のこと。

その昔、そこは王様の狩猟場だったらしい。


ゆりねとペンギンと、バスを待つ。

と、そこへ、カートを引いたおばあさんが通りかかった。

おばあさんが、何やらドイツ語で話しかけてくる。

でも、私たちはチンプンカンプン。

勝手に解釈し、おばあさんに、「あとどれくらいでバスが来るか？」と聞かれていると思って、ペンギンが必死に「三分」を身振り手振りで伝えようとする。

けれど、うまく伝わらなくて、おばあさんはなおもドイツ語で話しかけてくるのだった。

そこへ、赤ちゃんを抱いた家族連れが通りかかった。

おばあさん、今度はその家族連れのお父さんに話しかけている。

そして、今度はそのお父さんが、私たちに英語で話しかけた。

「今日は、サイクリングのレースがあるので、バスは来ないよ」

そう、おばあさんは一緒にバスを待っていたのではなくて、私たちに、バスが来ないことを必死に伝えようとしてくれていたのだ。

親切だなぁ。

でも、こういう親切は全然珍しいことではなくて、ドイツにいると、優しいふるまいにたくさん出会う。

ミュンヘンの空港で、ゆりねがレストランの中まで入れず、困っていた時もそうだった。

ひとりの紳士が私とゆりねのところにやってきて、自分が座っていた席を譲ってくれた。

そこなら、ガラス一枚隔てた状態で、ゆりねをリードにつないだまま、中で食事をすることができる。

「自分ちにも、四ヶ月の子犬がいるんだよ」と写真も見せてくれた。

こういう、さりげない親切に触れると、旅がぐんと楽しくなる。


結局、ティアガルテンまで行くのはやめ、近所の公園を歩いた。

ドッグランも広々していて、わざわざ遠出しなくても、その公園を歩くだけで十分かもしれない。

中には、小さな子ども動物園のような一角もあって、なかなか楽しい場所だった。


今日はこれから、おにぎりを作る予定。

ベルリンで買った、超高級魚沼産コシヒカリを炊いて、秋田の塩を解禁する。

あとは、先日買っておいた白ソーセージを茹でれば、晩ごはんの完成だ。


明日から、私はラトビアへ取材旅行。

ベルリンからリガへは直行便があって、二時間ちょっとだ。

二度目の、ラトビア。

私が、心から敬愛する国だ。
旅の目的は、夏至祭に参加すること。
今、まるで恋人に会いに行くみたいな、ドキドキした気持ち。

わが祖国

6月27日

ただいま、ベルリン！

先週の金曜日、ラトビアから戻ってきた。

帰りは、今お仕事をしている、編集の森下さんとイラストレーターの平澤まりこさんも一緒。

ラトビアで合流し、そのままベルリンで週末を過ごした。


ベルリンを訪れる人に何を感じてほしいかというと、それは空気の流れというか、空気感。

ベルリンに、ただ観光のつもりで来たら、きっとつまらないと感じるに違いない。

一応、ブランデンブルク門とか、観光の名所になっている場所はあるけれど、それよりももっと、人の生き方そのものが魅力的な町だと思う。

だから、お二人にも、太極拳をするような気持ちで、ベルリンの空気そのものを味わっていただきたいな、と思っていた。

　昨日はお二人がベルリンに滞在する最終日だったこともあり、ベルリンフィルの野外コンサートへ。

　夕方、ザビニープラッツのホームで待ち合わせして、まずは近くのカフェで乾杯。

ビール、サイダー、レッドアイ、白ワインと、それぞれ好きな飲み物を頼んだ。

　ここは、２０１１年の夏、初めてベルリンに長期滞在した記念すべき場所。

　当時は、西々しすぎている（こんな言葉、ありませんが）ように感じて、ここはベルリンにいる気がしないなぁ、なんて思っていたけれど、いろいろな場所に住んでみると、この場所も決して悪くない。

　ただ、私にはハイソすぎるというだけのことだ。

　ところで、今、ドイツはサッカー祭りの真っ最中だ。

　だいたいこの時期に来ると毎年そうなのだけど、今年も、欧州選手権で大いに盛り上がっている。

各レストランやバーでは外に椅子を並べて、大きなモニターを見ながらみんなで観戦するのが一般的で、人気の試合のときは人だかりができているほどだ。

もちろん、というべきか、ドイツは順調に勝ち進んでおり、そのスロバキア戦が、昨日、ちょうど私たちがそれぞれの飲み物で乾杯したときに、始まったのだった。

隣のテーブルでは、犬までがドイツカラーの首輪をつけて応援（？）。

最高にドイツらしい時間の過ごし方だった。


面白かったのは、時差。

私たちはすぐ横のテレビ画面で観戦していたのだけど、ドイツ側のＰＫを手に汗にぎる思いで見つめていたら、隣の店から大きなため息が聞こえる。

何？　と思った数秒後、私たちの見ている画面でドイツ選手の蹴ったボールが相手側のキーパーにはじかれた。

つまり、隣の店の方が数秒間早く映像を見ていたわけで、私たちの方が遅れていたというわけ。

これにはちょっと、笑ってしまった。

その後、試合観戦を途中で切り上げ、以前よく行っていた台湾料理の店で腹ごしらえ。鍋貼（焼き餃子）とスーラーメンを食べる。おじさんもおばさんもご健在でホッとする。東洋人には、こういう店があると本当に助かる。

無条件で胃袋が喜ぶ感じ。

それからいざ、コンサートへ。

一曲目がいきなり「わが祖国」で鳥肌が立った。

一年前の夏、ひとりでベルリンの友人宅にこもりながら、何度、この曲を聴いたかわからない。

演奏されたのは、第二曲のヴルタヴァ。スメタナが、完全に聴覚を失って、最初に書かれた曲だ。しかも彼は、これを二十日あまりのうちに作っている。

この曲は、ヴルタヴァ川の流れを表現しているという。

川がうねりながら、町や森を、ときに悠然と、ときに激しく流れていく。

スメタナの、祖国への深い思いを感じる曲だ。

去年、ちょうどラトビアを訪れた直後で、ラトビアの人たちの祖国への思いと重なり、私の胸に、杭のように深く深く突き刺さったのがこの曲だった。

まさか、ベルリンフィルの生の演奏で再会できるとは！

コンサートが終わる頃には、ようやく空も暮れてきて、アパートに戻る道すがら見上げた夜空には、星がちらほら。

帰るとゆりねが、さすがに留守番が長かったせいか、きゅうきゅうと甘えた鼻声を出していた。

ちょっとおなかがすいていたので、ペンギンが茹でたおそばをふたりで食べる。

ラトビアへの出張も終わり、お客様も帰って、今週からはいつものベルリン暮らしが始まる。

もういい加減嫌いになったり飽きたりしてもいいんじゃないかと思うのだけど、どうやら、そうはなりそうにない。

やっぱり私は、ベルリンとこの町に暮らす人たちが、好きだなぁ。

だって、道行く人たちが、みんなちゃんと幸せそうなんだもの。

夏至祭へ

7月1日

ラトビアへ行ったのは、夏至祭に参加するためだった。

夏至祭は、日本におけるお正月のようなもので、ラトビア人が心から楽しみにしている年中行事。

毎年、夏至の6月23日と翌日の24日は公休日となり、お店などもお休みになるところがほとんど。

この二日間は、バスも無料になる。

都市部の夏至祭は、年々イベント化し、歌のショーなどが中心となるというが、今回私が参加したのは、ラトビアの自然崇拝にのっとった伝統的な夏至祭だ。

リガから車で二、三時間、ラトビア西部のクルゼメ州にあるパペ村の夏至祭は、今思い出

しても不思議な気持ちに包まれるほど素晴らしかった。


花冠を作り、ご馳走を食べ、踊って歌いながら、日没を待つ。

夏至なので、日が沈むのは夜の十時半を過ぎる頃だ。

それからみんなで近くの海岸へと移動し、更に祈りの歌を捧げる。

美しくて、どこを見渡しても映画のようで、まるで夢を見ていたような気持ちになった。


この日は、子どもも夜通し起きていて、夏至を祝う。

途中で寝てしまうとその年一年なまけものになるという言い伝えがあるらしく、子ども達も目をこすりこすり、がんばって起きていた。


日が沈んでからは、焚き火の周りに集まって、暖をとる。

私の向かい側に座っていた民族衣装を着た若い男女が、とてもいい雰囲気になっていた。

夜通し起きているなんて大丈夫かな、と心配したものの、歌ったり踊ったりしているうちに、あっという間に空が白んでくる。

ただただぼーっと火を見ているだけでも、ふだん味わえない時間の感覚を体験できた。

特別、何をするわけでもないのに、その日にだけ食べる食べ物があり、歌があり、踊りがあり、沈黙があり、談笑があるだけで、人はこんなにも満たされ、幸せになれるのだということを教わった。

あの夏至祭に、生涯一度でも立ち会えたなんて、本当に幸せなことだ。

朝を迎えたら、朝露で顔や手を清めるとのこと。

夏至の日に作った冠は、一年間居間に飾り、翌年の夏至祭の時、火に投げ入れてお焚き上げにするという。

今回参加したことで、ラトビアの人たちが夏至祭を楽しみにしている理由がとてもよくわかった。

だって、真夜中に踊ったり、歌ったり、ソーセージを食べたり、やってみると、本当に楽しいのだもの。

わんこ事情

7月2日

ベルリンに来て、最初に困ったのが、トイレシートだった。

スーパーに行って探したけれど、どこにも置いていない。

ドッグフードはあっても、トイレシートが見当たらないのだ。

こちらで犬を飼っている友人に聞くと、基本的にトイレはみなさん外でさせるので、トイレシートは必要ないとのこと。

さぁ、困った。

日本から数枚は持ってきているけれど、滞在はまだまだ長いので、見つからないと大変なことになる。

ゆりねは、外でもするけど、一日一回程度はシートを使う。

自宅ならまだしも、借りている部屋で粗相は避けたい。

どうやら、郊外の大きなペットショップにはあるかもしれない、という。

調べてみると、隣の駅に、ベルリンの中心ではもっとも大きいというペットショップがあった。

急ぎ足でさっそく向かうと、あった。助かった〜。

日本のほど高性能ではないけれど、紛れもなくトイレシートだ。

いつなくなるかわからないので、少し多めに買い込んだ。これでまずは一安心。

こっちの人は、雨の日も嵐の日も雪の日も、トイレをさせるために外に出るってことなのだろう。

でも、病気になったりして動けない犬は、どうするのかな？

トイレは外が基本だけど、落し物を拾っている人は、いないようだ。

ましてや、日本みたいにおしっこを水で流すというのは、皆無。

私の場合、大きい方は日本式に拾うようにしているけど、他の人で拾っているのを見たことはないなぁ。

一応、散歩のときのルールは法律で決められているらしく、ノーリードは禁止で、うんち袋も二袋常備すること、となっているようだ。でも、半分くらいの人はノーリードで歩かせている。

地区によっては、ノーリードで歩かせていて警察に見つかり、罰金を払わなくちゃいけなかったりするらしい。

ゆりねはノーリードだとどこへ飛んで行くかわからないので、その心配はないのだけど。

今まではそんなに気にしなかったのだが、今回ゆりねを連れてきて気づいたのは、道路の汚さだ。

怖いのは、ガラスの瓶の破片。

たとえば、サッカーでドイツチームが負けたりすると、飲み終わったビール瓶を、地面に叩きつけたりする輩がいる。

特に今いるのは、トルコ人街のすぐそばで、決してお行儀のいいエリアとは言えない。

ガラスの破片は結構な確率で散乱しているので、犬がその上を歩いて怪我するんじゃないかとハラハラする。

あとは、食べ物もかなり落ちているので、それも気をつけないといけない。

この季節は、どの店も外に席を設けて、そこでみんなが食事をしているので、食いしん坊のゆりねは、すぐに拾い食いしようとする。

しっかり目を光らせていないと、あっという間に口に含んでしまうから危険なのだ。

ベルリンは、というかドイツは、犬に対して寛大で、犬にとってはとてもいい環境だと思う。

子犬の頃に、飼い主と犬がパピー教室などで犬社会のことを学ぶのが一般的で、犬たちも、とてもよくしつけられている。

飼い主さんが先に信号を渡っても、遅れた犬はちゃんと赤信号で待っていたりするし、レストランで飼い主さんが食べていても、犬はテーブルの下で少しも心乱されることなく大人しくしている。

どっちもゆりねにはできないことだ。

ただ、しつけられている分、犬同士の挨拶も、あっさりしている。

一応挨拶はするのだけど、それでおしまい、という感じ。

日本みたいに、長く犬同士を遊ばせたりはしない。

それが、ゆりねには不満のようだ。

ゆりねは犬が好きで、犬と思いっきり遊びたがるのだけど、なかなか相手をしてもらえないので、ストレスがたまっている。

週一回通っていた幼稚園に行けないのも、ストレスかもしれない。


そう思って、ドッグランに連れていった。

ラッキーなことに、すぐそばの大きな公園にドッグランがある。

日本みたいに登録制ではないらしいので、思い切ってさっき行ってみたのだった。


ゆりねなりに何かいつもと違うのがわかるのか、最初は私の足元から動かずにじっとしていたのだけど、十分ほどしてそら豆と同じジャックラッセルが来たら、とたんに近づいて、一緒に走って遊んでいた。

こちらでは、ゆりねみたいな犬は珍しい。

日本だったら二頭に一頭はトイプードルだったりするけれど、トイプードルはまだ一頭しか見ていない。

愛玩犬というより、パートナーとか保身としての犬が多く、顔も凛々しくて、体も大きい犬がほとんどだ。


そら豆似のジャックラッセルのおかげで、久しぶりに「ゆりゴン」が炸裂した。

広いドッグランを、うさぎのように走る。

やっぱり、こちらの人の目にもゆりねの両足をそろえた走り方は面白いらしく、笑われていた。

ドッグランの一角に水たまりがあって、そこで他の犬が泥だらけになって遊ぶので、ゆりねもすぐに黒くなる。

でも、久しぶりにゆりねが爆走している姿を見て、ホッとした。

ただ、中に一頭、去勢をしていないのか、ゆりねに覆いかぶさってしつこく腰をふってくるオスがいて、対応に困った。

さすがにゆりねも嫌そうなので抱っこしたら、ぴょんぴょん、ジャンプして飛びかかってくる。

日本では、そういう時飼い主が抱っこしてガードするけど、こっちではいけないらしい。抱っこしているとますますオスは飛びかかってくるから、抱っこしてはいけないのだと教えられた。

そうやって、私もひとつずつ、学んでいかないといけない。

あまりに汚くなってしまったので、家に帰ってからすぐにシャワー。

逆かと思っていたら、ベルリンにいる時の方が、汚くなる。

その後、ゆりねの、ドイツドッグランデビューを記念してビールで乾杯した。

今夜は、キーマカレー。

ベルリンに来て、早くも二週間だ。

カルナさん

7月4日

ベルリンに来る大きな目的のひとつが、カルナさんのアーユルヴェーダを受けること。

去年の夏、ひとりで滞在した時に、以前の場所にお店がなくて意気消沈してしまったのだけど、その後、単にお店が別の場所に引っ越しただけだったと知り、ホッとした。

カルナさんの手のひらは本当に特別で、体全体を包み込むようにもみほぐしてくれる。

男性、女性に関係なく、みんな素っ裸で施術されるから、こちらとしては赤ん坊に戻ったような気分になって、されるがままという感じ。

ベッドの上ではカルナさんに身を預けるしかなく、施術後は、生まれ変わったような気分になる。

ベルリンに遊びに来た友人らをよく連れて行くのだけど、特に日ごろから疲れがたまっている編集者は、全く違う顔になるからびっくりだ。

カルナさんの技術もさることながら、ひとえに、カルナさんのポジティブでタフな精神が、私たちを元気に、明るくしてくれるのだと思う。

ひとことで言うと、カルナさんは太陽。

カルナさんの前に出れば、誰もが笑顔に、ハッピーになる。

カルナさんは、そんな人だ。


今回も、カルナさんに会えるのを、そしてアーユルヴェーダをしてもらえるのを、楽しみにしていた。

まずは日本からやってきた『ミ・ト・ン』チームのメンバーにカルナさんワールドを体験してもらうべく、新しいお店を訪ねた。

そして、呆然としてしまった。

カルナさんの体が、とても小さくなっていたから。

髪の毛も、すっかりなくなっていた。

そんな時、私はどう言葉をかけていいのかわからなくて、でも、カルナさんに再会できたことが嬉しくて、ただただ何も言葉をかけずに抱擁した。

私が何も知らない間に、カルナさんは、大きな病と闘っていたのだ。

一度、予約を入れるために日本から電話をかけたのだけど、声が元気そうだったので、全く気がつかなかった。


あれだけのパワーのある人だから、相手の悪いところや痛いところを治してあげたい一心で、そういうものを自分の方へ引き寄せてしまうこともあるのかもしれない。

体重は20キロ近く落ちて、以前のようなパワフルな印象はなくなったけれど、それでも精神面は逆にもっと強くなった印象で、日本からやってきたふたりにも、二日連続で施術してくれた。

アーユルヴェーダをすることが、自分にとっては天職だと話していたそうだ。

ただ、その後状態が悪くなり、私の施術はできなくなった。

数日前の朝、電話があって、とても具合が悪くて熱があるので、今日のアーユルヴェーダをすることができなくなったのだと、涙ながらに謝っていた。

よっぽど辛いのだろう。声を出すのもやっとという感じで、切なくなる。

そんなことは気にしなくていいから、とにかく今はゆっくりと休んで、また体調がよくなったらお願いしたいと伝えたけれど、うまく言えたか自信がない。

明日にでも、拙《つたな》い英語を駆使して、手紙を出そう。

カルナさんにとびきりの笑顔が戻る日を、心の底から祈っている。

made in Latvija

7月10日

毎朝、ラトビアのお茶を飲んでいる。

ミントと牡丹《ぼたん》の花びらが入っていて、美肌効果があるという。

前回ラトビアで見つけたお土産で、素晴らしかったのが化粧品だった。

はちみつを使った顔にぬるクリームや、はちみつで作った石けんが本当によくて、ひとつずつしか買わなかったことを後悔したほど。

そして、もっと驚いたことは、日本まで持って帰ったリップクリームが、ちゃんと腐ったことだった。

腐ったという表現は言い過ぎかもしれないけれど、とにかく、しっかり劣化した。

リップクリームなんて、そうそう劣化しないだろうと思っていたけれど、大間違いだった。

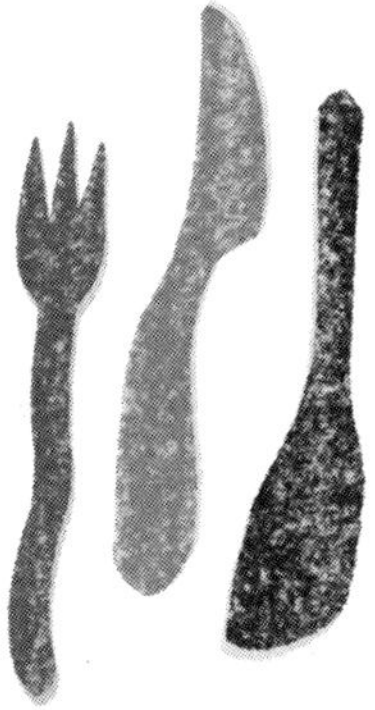

保存料などが入っていないから、食べ物と同じように、時間が経つと酸化するのだ。

ベルリンにいる間に使おうと思って、今回は少し多めにはちみつ石けんを買った。

色だけ見るとちょっと引いてしまうのだけど、実際に使うと、ザ・はちみつといった感じで、はちみつそのもので体を洗っているような贅沢な気分になる。

香りも、ふわりと甘くて、とっても幸せ。ミツロウもそのままの形で入っている。

あっという間になくなってしまうのも、天然の素材でできている所以《ゆえん》だろう。

私は日光アレルギーで、今年の冬、うっかり直射日光を浴びてしまったせいで、いまだに顔が火傷《やけど》みたいに赤くなっているのだけど、それも、ラトビアのクリームを使ううちに、少しずつ改善してきた。

他にも、菩提樹《ぼだいじゅ》のクリームとか、バラを使ったアイクリームとか、どれも天然素材で、気持ちよく使うことができる。

あと、もしもラトビアに行くことがあったら、ぜひともオススメなのがEvijaという塗り薬。

はちみつを使った製品というのはわかっているけれど、それ以上は企業秘密とのこと。とにかく万能で、火傷にも擦り傷にも切り傷にも虫刺されにも、何にでも使える。

ラトビア人の暮らしには、欠かせない薬らしい。

私も、肌がかゆい時とか、虫に刺された時とか、すぐに Evija を塗っている。

ゆりねも、掻き傷ができたりすると、すぐに Evija。犬や赤ちゃんにも、安心して使えるのがうれしい。

そういう、昔からある薬草の知恵とかが、いまだに普通に暮らしに根付いているのが、ラトビアだ。

今回は、木でできた手作りの製品もいくつか買ってみた。

コースターにスプーン、へら。

どれも、ひとつひとつ微妙に形が違うから、自分の手にぴったりと馴染むのを探すのが楽しい。

リエパーヤで、木工職人さんのアトリエを訪ねたのだけど、木からカゴを作るにしても、もう実を結ばなくなった古い梅の木の幹を底に使ったりと、自然の恵みを、最大限に有効活用している。

木をはじめ、衣食住を支えてくれている自然への感謝の気持ちがいたるところにあふれていて、人々の謙虚な気持ちを実感した。

去年の日記にも書いたような気がするけれど、ラトビアの自然崇拝でご神木とされている、柏《かしわ》、菩提樹、林檎《りんご》、白樺《しらかば》が道路を作る予定地に生えている時は、木を切ってしまうのではなく、道路を迂回する形で人間の方が都合をつけると聞いて、なんて優しい人たちだろうとしみじみ思った。

そして、そのことがのちのち、自分たちにとってもいいことなのだというのを知っている、賢い人たちなのだとも感じた。

人口一億人をこえる日本と、二百万人ほどのラトビアの政治を天秤にかけることは難しいけれど、ラトビア人の、そういうものの考え方は惚れ惚れする。

きっと、二百万人だからこそ、賢い選択ができるのだろう。

そうそう、ブルーのテーブルクロスも、今回の旅で見つけたものだ。

これももちろん、手織り。

基本的な衣食住にまつわる道具は、すべて自分たちの手で作っている。

テーブルクロスは、麻ではなくて、亜麻の織物だ。

かつては、こういう織物や編み物をたーくさん作って、長もちをいっぱいにして、お嫁入りしたのだという。

ラトビアの製品の良さは、日本に帰って実際に使うと、より魅力が増すことだ。

よく、旅先で興奮して買ってしまったはいいものの、日本に帰国して、いざ使おうとすると、「あれ？ なんで私こんなの買っちゃったのかな？」と反省することが結構ある。でも、made in Latvija のものは、後悔することがほとんどなく、暮らしにしっくりと馴染む。

基本的に、お土産品として作られていないからかもしれない（もちろん、そういうものも、あるにはあるけど）。

手仕事の品は、自分たちの暮らしに必要なものとして、自分たちのために作っているから、余分なこびがないということかな。

物々交換

7月15日

アパートの前に、守り神みたいな大きな木があって通りのシンボルになっているのだけど、その下にベンチが置いてある。

どうもそこは、「自分では不要になったけれどまだ使える物を置いておく場所」のようで、時々、物が置いてある。

こっちの人たちは、すぐにゴミに出したりしない。

誰かが何かに使ってくれるかもしれないから、不用品が出た時は、家の前とかに置いて、「ご自由にどうぞ」にしておく。

そういえば、去年半月ほど借りた友人のアパートでも、階段の踊り場が、そういう場所になっていた。

私も、置いてみようと思って、ラトビアでもらった、もう自分では使わないガイドブックや地図などを置いたっけ。

さすがにこれは貰い手が見つからないかな、と思っていたのだけど、数日後には、置いた物すべてがなくなっていて嬉しかった。


先日、木の下のベンチには、赤ちゃんの哺乳瓶や洗面器などが並んでいた。

きっと、赤ちゃんが成長して、もう使わなくなったのだろう。

その中に、小ぶりのぬいぐるみがあって、あ、これはゆりねが喜びそうだと、帰りにもらっていこうと思っていたら、帰る時にはもうなくなっていた。

結構、争奪戦が激しかったりする。


日本ではあふれるほどあるスーパーのレジ袋とか、クリーニングに出すともれなくついてくるハンガーとか、輪ゴムとか、ベルリンにいるとものすごーく貴重になる。

日本だと、自分でエコバッグを持参すると、わずかばかりのお金を引いてくれるシステムが一般的だけれど、こっちはレジ袋を買うシステムだ。

スーパーのレジの前に袋が売られていて、必要な人はそれを買う。

基本的には袋はついてこないので、みんな、自分のカバンにしまったり、手に持ったりして店を出る。

ちょっとした違いだけれど、実は、とても大きな違いなんじゃないかと思う。

だから、ビニール袋が余って大変、なんて事態は起こらない。

ちなみに、どのくらいビニール袋が貴重かというと、今回日本から持ってきたゆりねの落し物袋を、私はずーっと同じので通している。

多分、最後まで使って、結局は日本に持ち帰るのだと思う。

それでいいんじゃないかなぁ。


この間、ペンギンが新しいリュックを買ったので、古い方はベンチの上に置いておこう。

直接ではないけれど、これも、ゆるやかな物々交換と言えるのではないかしら？

かなり履き古したなぁ、と思う靴なんかも、古着屋さんに持って行くと、結構いいお値段で買い取ってくれたりするし。

日本みたいに安価な商品を大量に作ってそれをすぐにゴミにして経済を回すのも手なんだろうけど、私はドイツというかベルリンの、なんでも物を大事にしてとことんまで使いこなすやり方の方が、好きだなぁ。

長靴を植木鉢として活躍させていたり、ベルリナーはほんと、発想が自由で楽しくなる。

今日は、これからマルクトハレへ。
木曜日になると、趣のある古い市場に、屋台のお店が勢ぞろいして、楽しいのだ。
安くて、しかも美味しい。
先週は、パスタと餃子とたこ焼きを食べた。
おにぎらずを出す店なんかもあって、日本人もベルリンでがんばっている。

出張トリマーさん

7月19日

今回、ゆりねをベルリンまで連れてくるにあたり、もっとも気がかりだったのが、トリミングのことだった。

ゆりねはかなり毛が早く伸びるので、五～六週間に一度は、トリミングをお願いしないといけない。

もちろん、ベルリンにもトリミングサロンはあることはあるようだけど、言葉の壁もあるし、感覚も違うので、なんとかしなくては、と思っていた。

東京のわが家の近くにも、トリミングサロンが二軒ある。

でも、こっちでは、トリミングが必要な犬自体を、ほとんど見かけない。

たまに、なんの犬種かわからないけれど、毛が伸びるだけ伸びて、ドレッドヘアになっている犬もいたりする。

そもそも、犬にお金をかけるという発想がないとのこと。

トリミングを虐待だ、と主張する人もいるらしく、トリミングに対する理解はまだまだ。

だからたまに、コロみたいな犬を見かけると、ホッとする。


さてさて、ゆりねのトリミングをどうしたものかと悩んでいた矢先に、朗報が飛び込んできた。

なんと、日本人のトリマーさんが、ベルリンにいるというのだ。

こんなに心強いことはない。

しかも、ちゃんとビザの更新ができたので、この夏も引き続きベルリンにいらっしゃるという。

こっちに来る前から、フードのこととか、いろいろ教えていただいたのだった。

トイレシートを売っているお店とかも教えていただいたし、彼女がいてくれたおかげで、本当に助かった。


そして週末、トリミングをしに来てくれた。

そう、出張トリマーさん。

自転車でふらりと来てくれるところが、いかにもベルリンぽい。

ふだん、トリミングの時はサロンに預けてしまうので、実際、どうやっているのか興味津々だった。

自宅だったら、少しはゆりねも安心できるんじゃないかと思う。


さくさく、さくさく。

三時間くらいかけて、丁寧に仕上げてくださった。

その後、一緒に近所の中華を食べに行く。

まだ若い、かわいらしいお嬢さんだった。


やっぱり、日本人とドイツ人では、トリミングの感覚も違うらしい。

こっちだと、多くの犬が、口の周りの毛を中途半端にだらしなく伸ばしていて、なんでかなぁ、と思っていたのだけど、こちらの方たちにとって、犬といえばあのヘアスタイルになるらしいのだ。

だから、清潔にしようと口の周りをきれいにカットしてしまうと、ドイツ人のお客さんにはなんとなく納得してもらえないのだとか。

シュナウザーの口の感じを、他の犬たちもやっている、というとわかりやすいかもしれない。


そうそう、シュナウザー。

日本でもたくさんいて、ドイツといえばシュナウザー、と思っていたけど、ほとんど見かけない。

いるのはジャイアントシュナウザーばかりで、私から見ると、シュナウザーかどうかよくわからなかったりする。

でも、最近はどうやらフレンチブルが流行らしく、よく見かける。

そのうち、ベルリンにも、犬に服を着せたりする人が現れるのかもしれない。


以前は、本当に大きい犬しかいないように思っていたけど、年々、小型犬も増えているような気がしているから、いずれは、トリミングの需要も高まるんじゃないかな？

そういえば、美容師としてこっちで働いている日本人の方も結構いらっしゃるから、手先が器用で丁寧な仕事をする日本人は、ますます求められるのではないかと思う。

今日は、日本人でタイ古式マッサージをしてくれる方のところに行ってきた。

マッサージも、日本人の得意分野だ。

でも、日本ほど多く、マッサージとかハリとか整体とかのお店を見かけないから、やっぱり日本人は疲れているのかもしれない。

プライベート美術館

7月24日

昨日は、静かな夜だった。

たいてい、週末は深夜までワイワイガヤガヤと賑やかなのだけど、昨日はお天気がいいにもかかわらず、物静か。

もしかすると、ミュンヘンで起きた襲撃事件の追悼の意味もあったのかもしれない。

テロではなかったようだけど、痛ましい事件であることに変わりはない。

昨日は、今年の4月にできたばかりだという、The feuerle collection に行ってきた。

外から見ただけでは、そこが美術館だというのは、全くわからない。

というのも、1943年に建設が始まった通信センターで、壁の厚さが7メートルもあるという、ちょっと不気味な建物なのだ。

ただ、完成した1945年にはちょうど戦争が終わり、通信センターとして使われることはなかったという。

戦後は食料貯蔵庫として使われたりしていたこともあるそうだ。

その建物を買い取って、個人で集めた美術品を展示したのが、The feuerle collection とのこと。


中は、寒いくらいにひんやりしていた。

まずは真っ暗な部屋でしばらく音楽を聴き、心をしずめてから地下一階の展示室へ向かう。

展示されているのは主に東洋美術が中心で、仏教とヒンドゥー教が混ざった仏像などなど。

その展示の仕方が独特で、薄暗い中に、ぽっかりと仏像が浮かび上がるような仕掛けになっている。

しかも、ガラスの向こうには川から水を引いたという巨大なプールがあって、なんだか古代遺跡に迷いこんでしまったような不思議な気分になるのだ。

それぞれの仏像には、制作された年代などの説明は一切なく、とにかく仏像の美しさそのものを心で味わうという趣旨で並べられている。

写真も撮っちゃダメ。

あの空間に足を運んで実際に味わってこそ、美しさを堪能できるのだと思った。

また、石で作られた中国の古い椅子やテーブルと、日本のアラーキーのエロティックな写真がセットで展示されていたり、発想がとても自由。

その空間にぴったりと合致している展示で、まさに、ザ・ベルリンだった。

feuerle さんが美術品を集め始めたのは十七歳の頃からだそうで、その中には、紀元前二世紀頃に使われてた中国の王様だけが座れる特別な椅子なんかもある。

今はまだやっていないけれど、お香を焚いて瞑想をする部屋なんかもあったりして、面白い独自の視点で、東洋の文化をとらえていると思った。

なんちゃってブッディストのペンギンは、仏教は宗教ではなくて科学なんだとよく言っているけれど、芸術でもあるんだなぁ、としみじみ実感した。

ひとつひとつの仏像が、本当に穏やかで、いい表情をしている。

ベルリンにはもうひとつ、ボロスコレクションというプライベート美術館もあって、そこも第二次世界大戦中に作られた巨大な防空壕跡が使われている。

今住んでいるアパートの通りにも、大きな給水塔の上に自宅を建てちゃったお金持ちがいて、古い建物の使い方がユニークだ。

地震がないってことは、家づくりとか街づくりに、とても大きく影響していると思う。


明日から、リトアニアへ小旅行。

ラトビアは二回行ったけれど、リトアニアは初めてだ。

ペンギンにとっては、初のバルト三国。

バルト三国の中でも、特にリトアニアとラトビアは文化的にも言語的にも近いといわれている。

でも、微妙に差異があるらしいので、その差異を肌で感じられたらと思う。

ベルリンからヨーロッパの別の国に行く時は、いつもうっかり国内旅行の気分になって、パスポートを忘れそうになってしまうから、気をつけないと。

ゆりねは、トリマーさんのお宅で預かってもらう。

正義感

8月2日

リトアニアから戻ってきた。

やっぱり、ラトビアとは少し印象が違った。

首都であるヴィリュニスの街並みは、フランスやイタリアを思わせるような淡い感じの建物が多く、中世のドイツを想起させるリガの旧市街の雰囲気とは、ずいぶん違う。

全体的に、淡く、優しく、女性的で、ゆるい印象を受けた。

あと、ラトビアよりもロシアの影響を強く感じた。

その理由は、のちにわかった。

バルト三国がそろって旧ソ連からの再独立を果たした時、リトアニアだけはロシア人を追放しなかったのだとか。

リトアニア人は、宗教ももともとは自然崇拝の多神教だったのが、途中からキリスト教を受け入れてキリスト教国家になったり、きっと他の文化を柔軟に受け入れる懐の広さがあるのかもしれない。

対してラトビア人は、自分たちの国に誇りを持ち、タフな精神で文化や伝統を守っているような気がする。

それが、ラトビアとリトアニアの大きな違いだった。

丸三日間あったので、まんなかの日に、カウナスへ行ってきた。

リトアニアといえば、杉原千畝《すぎはらちうね》さん。

彼は、日本のシンドラーと言われ、第二次世界大戦で迫害を受けた多くのユダヤ人の命を救ったとされている。

大人と子どもを合わせて、その数は六千人にものぼるそうだ。

その、杉原さんが着任していた旧日本公使館に、杉原記念館がある。カウナスまでは、ヴィリニュスから電車で一時間ほど。

杉原さんが外交官としてカウナスに着いたのは、1939年の8月28日。

そして、その四日後の9月1日にナチスドイツがポーランドに攻め入って、第二次世界大戦が始まる。

実際に行ってみるとわかるけれど、カウナスというのは、今でも決して大きな町とはいえず、日本人で住んでいる人がいるのかどうかも微妙なところだった。

今ですら、ヨーロッパの辺境というイメージのあるカウナスに、七十年以上も前、杉原さんは家族を連れて赴任したのだ。

きっと、心細かっただろう。


杉原さんは、本国の命令にそむいて、通過ビザを発行した。

苦悩の末だったという。

自分や家族がこの先どうなってもかまわない、という覚悟を胸に、「人道上、どうしても拒否できない」という理由で、多くの難民にビザを発給し続けた。

その勇気と正義感を、心から尊敬する。

人として正しいことをする、って、簡単なようだけど、自分の家族のこととかを考え出すと、なかなか難しくなったりもする。

ましてや杉原さんのような状況で、自らの意思でそれをやったというのは、本当に素晴らしいことだ。

今ドイツにいても、正義感というのを、実感する。

目の前に困っている人がいたら、多少自らが犠牲になっても、なんとか助けようとする基本的な正義感が強いんじゃないかと思う。

難民のことに関してもそうだし、もっと身近なところで、ちょっと電車の乗り換えがわからなくて困っていても、すぐに誰かが教えてくれたりする。

ドイツ人にとっては、それが、ナチスドイツを支持したことに対する反省の仕方なのだと思う。

そうやって、「反省」する気持ちが、人々の心の奥深くにまでしみついているのを感じる。

やっと雨が上がった。

週末、バタバタと荷造りをして、引越しをした。

今いるのは、ミッテのアパート。

なんと子どもが、しかも全員男の子が五人いるという、それはそれは広い（300平米の）子だくさん一家の部屋を借りて暮らしている。

それにしても、私は完全にマイノリティーだなぁ。

「まさかそうはならないでしょう」と思うことが、次々に起こる。

イギリスのＥＵ離脱とか、日本の選挙とか、都知事選とか。

だから、きっと、アメリカの大統領も、トランプ氏になるんだろうなぁぁぁぁぁ（ため息）。


なので、逆転の発想（？）で、最近は、絶対に絶対にトランプ氏が勝つ！！！　と思うことにした。

そう私が思っていれば、もしかすると逆の結果になるかもしれないから。

そんなことしかできない自分がもどかしいけど。

湖へ

8月9日

ちょっと前のことになるけれど、ゆりねを連れて湖（Grunewald）へ行ってきた。Grunewald のことは、何度か聞いていて、行きたいと思いつつ、どんな場所かわからないので二の足を踏んでいたのだ。

曰く、そこは犬にとって最高の場所とのこと。

たまたま和食屋さんに行ったら、そこのご主人が、ベルリンでドッグトレーナーの勉強をしたという女性を紹介してくださり、彼女と一緒に Grunewald へ行けることになったのだ。

飛行機でベルリンを上空から眺めると、緑の多さに驚く。

郊外はほとんど森と言っても過言ではないくらいで、Grunewald も森。

森歩きが好きな私は、ゆりね以上にぶんぶんしっぽを振りたくなった。

しばらく森を歩いていると、湖にたどり着く。

その光景に、しばし言葉を失った。

人と犬が、水際で楽しそうに遊んでいる。

泳いでいる犬もいる。

犬同士が水しぶきを上げながらじゃれあって、その横で飼い主さんは、のんびりと日光浴。

そう、そこはまさに、犬パラダイス！


犬を飼っているベルリンの人たちは、週末になると、よく犬を連れて Grunewald に来るのだという。

何軒かの家を回って犬を集め、まとめて散歩させる仕事もあるのだとか。

犬も人も、本当に本当に幸せそうだった。

ゆりねも、たくさんの犬に会うことができて、全身で喜びを表している。

大いに水遊びを楽しんだ後、飼い主さんにグルッとタオルを巻かれた大きい犬がいて、その姿がとてもかわいらしかった。

湖の周りを一周すると、かなりの運動になった。

途中からは、ゆりねをノーリードで歩かせる。

急にどこかに行っちゃわないかハラハラしたけれど、ちゃんと横について歩いていた。

トレーニング中は長いリードをつけたまま歩かせて、少しずつ、その状況に慣らしていく。


いくらベルリンの街中にも緑があふれているといっても、足元は石畳だったりするので、直接土の上を歩けるのは、犬にとっても気持ちいいことなのだろう。

どの犬も、表情がキラキラと輝いていた。

日本にも、犬を遊ばせることのできる施設はあるけれど、規模が違う。

ベルリンは、犬に対してとても優しい町だ。

ワンワンフライトみたいな特別な形ではなく、ごくごく「ふつうに」、犬も電車やバスに乗れたりレストランに入れたりできるのが、うれしい。

そのためには、絶対に人に迷惑をかけないようなしつけをしなくてはいけない。

義務と権利、というのが、様々な面において、ドイツの基本になっているように思う。


そうそう、その時にうかがったしっぽの話が興味深かった。

日本だと、たとえばプードルのしっぽは短く切られている。

犬についての知識が全くない時、プードルのしっぽは最初からあんなふうに短いのだと思っていた。

でも、あれは生まれてすぐに切られてしまうから。

そして、切られるのは単に見た目がかわいくなるからだという。

ドイツで見かけるプードルのしっぽは、みんな、ゆりねみたいにひょろーんと長いままだ。

ゆりねは、見た目がトイプードルに似ているけれど、日本だと、しっぽが違う。


同じように、怖い犬、の代表みたいに思われているドーベルマンもそうで、特徴的なとんがった耳も極端に短いしっぽも、実は人工的に作られたもの。

本来のドーベルマンは、大きな垂れ耳で、しっぽも長い。

それを、人間が断耳と断尾をすることで、わざと怖い印象になるよう作っているのだ。

ドイツでは、ドーベルマンの断耳も断尾も禁止されている。

私も、生まれたままの姿のドーベルマンを見かけたけれど、あまりにかわいくて、すぐにはドーベルマンだとわからなかった。

もちろん、耳やしっぽを切られることは、犬にとって大きな痛みを伴う。

犬が幸せに生きる権利に関して、ドイツはかなり進んでいる。

万が一犬が相手に怪我をさせたりしたら、ものすごい額のお金を払わないといけないそうで、それゆえ、飼い主はきちんとしつけている。

大きい犬を飼うには、飼い主に試験が課せられるそうで、それに合格しないと、大型犬を飼うことはできない。

ゆりねを連れて歩いていても、触りたい時はまず飼い主に断りを入れ、子どもでも、きちんと自分の手の匂いをかがせて安心させてから、体を撫でる。

いきなり頭を撫でるようなことは、絶対にしない。

ゆりねも、だいぶこちらのルールを学んできているみたいだ。

レストランに入ったら、基本はおとなしくテーブルの下で眠っている。

犬同士の挨拶も、だんだんあっさりしてきたし、いろいろと吸収しているのだろう。

モリエルさんの作品

8月15日

彼女の作品に出会ったのは、十日ほど前の週末だった。

日本からいらした編集者さんふたり（ポプラ社の吉田さんと、幻冬舎の君和田さん）と、三人で川沿いの道を歩いていた時のこと。

それまで冗談みたいに激しい雨が降っていたのがようやく上がって、道路にできた水たまりをよけながら歩いていた。

そこは、たくさんのガラクタみたいなものが置いてあるアトリエのような空間だった。

今まで何度も前を通っているのだけど、ドアが開いているのは初めてで、そこにそういう場所があるということも、ほとんど意識していなかった。

最初に気づいたのは、君和田さんだったかな？

通りを歩く人に見えるような向きで、本のオブジェがいくつか並んでいた。

よく見ると、マークだったり、言葉だったりが浮かび上がっている。


その時アトリエには、とても優しそうな男の人がいた。

誰が作ったのか尋ねると、彼の奥さんだという。

見れば見るほど作品の世界にひきこまれていく、ちょっと不思議なオブジェだった。


ただ、その時はちょっと急いでいたし、衝動買いはしたくない。

それに、私がもっとも気に入った作品には、値段がついていなかった。

「あなたが値段を決めていいよ」と旦那さんに言われたけれど、それってものすごーく難しい。


迷っていたら、奥さんのメールアドレスを教えてくれた。

それから、モリエルさんと何度かメールでやりとりした。


数日後、モリエルさんがアトリエを開けてくれた。

夏休み中の、ふたりの子どもたちもいる。

今から思うと、彼らはベルリンの中心ではなくて郊外に住んでいると言っていたから、私のためにわざわざアトリエを開けてくれたのだと思う。

実際に会ったモリエルさんは、想像通りで、物静かな、思慮深い女性だった。

モリエルさんの作品がいいな、と思うのは、彼女が、とにかくこれを好きで作っているということ。

作業としてはとても簡単で、本のページをひたすら折っていくだけなのだとは言うけれど、私にはどうやって本のページがそんなふうになるのか、さっぱりわからない。

折り紙みたいでしょ、と彼女。

meditation、瞑想という表現を使っていたことが印象的だった。

悩んだ末に、私は、「HOPE」と、二羽のハミングバードの作品をいただいた。

「HOPE」は、病魔と闘っているアーユルヴェーダのカルナさんに、ハミングバードの方は今お世話になっているアパートを貸してくれたガエレさんに、プレゼントしようと思っている。

そうそう、その時に、袋がないと言って、モリエルさんが手縫いの黄色いバッグを貸してくれたのだった。

きっと、子どものために縫ったんじゃないかな。

それを返そうと思って、今度はペンギンとゆりねも連れて、先週の土曜日にまたアトリエへ行ってきた。

すると、ペンギンもモリエルさんの作品に惚れてしまい、今度はオーダーメイドで自分のスタジオの屋号を作ってもらうことになった。


ベルリンには、アーティストがいっぱい住んでいて、楽しいな。

今回みたいに、心の底から、「好き！」と思える作品に出会えるのって、幸せなことだな。

ラフマニノフの夕べ

8月22日

ヤングユーロクラシックが始まった。

これは、毎年この時期に開催される、オーケストラ版オリンピックのような祭典だ。

毎晩、国別にその国を代表する若手のオーケストラが演奏を披露する。

会場となるコンサートハウスもとても趣があっていいし、お値段も手頃なので、オーケストラ三昧を楽しむにはもってこいなのだ。

昨日は、ラトビアのオーケストラだった。

ヤングユーロクラシックには数え切れないほど足を運んでいるけれど、ラトビアのオーケストラは初めて。

しかも、演奏する曲目は、ラフマニノフのピアノ協奏曲。

まずは2番をフルで演奏し、休憩をはさんで、今度は3番をフル演奏。

2番と3番で、ピアニストが変わるという、とてもユニークな趣向だった。

それに対して、3番で登場したピアニストは、繊細で、体も華奢で、うすはりガラスのよう。

2番を演奏したピアニストは、パワフルで、情感があふれ、迫力満点だった。

最初は迫力に欠けるかな、と感じたけれど、演奏が進むにつれてぐんぐんと力強くなり、最後は、曲が終わった瞬間、力尽きたように脱力していた。

全身全霊を傾けるとは、まさにああいうことを言うのだなぁ。

どちらのピアニストも素晴らしく、拍手がいっこうに鳴り止まなかった。

帰ってから調べてみると、ふたりともラトビアを代表するピアニストとのこと。

ラトビアのオーケストラの演奏も、見事としか言いようがない。

ラフマニノフの、嵐がきたり、そよ風が吹いたり、雷が鳴ったり、花が咲いたりするような、あの喜怒哀楽の激しい曲を、完璧に音で表していた。

ラトビア贔屓《びいき》の私としては、素晴らしい演奏をしてくれて、ますます鼻が高くなる。

きっと、ラフマニノフも空の上から演奏を聴いて、にんまりしているに違いない。

最近、ベルリンの天候は不安定で、昨日も、行き帰り土砂降りの雨だったのだけど、その冷たい雨とセットで、ラフマニノフの夕べが記憶に刻まれた。

帰ってから、ラフマニノフとラトビアのオーケストラに、ドイツの白ワインで乾杯する。

ベルリン滞在も、残り二週間ほど。

三回目の引越しを終えて、今はプレンツラウアーベルクの古いアパートに住んでいる。

言葉の壁

9月1日

今夜は、肉じゃが。

そろそろ、冷蔵庫の中身を考えながら料理をしないといけない。

帰国まで、カウントダウン。一週間後には、もう日本に戻っている。

今まで感じなかった方がおかしいのかもしれないけれど、今回初めて、言葉の壁を痛感する。

これまでは、言葉が通じなくても楽しかった。

お店では英語で用件を伝えることができるし、通じなくても、指をさしたりすれば大体どこでも問題なく、なんの不自由もなかった。

でも、今回は違う。

多分、というか、間違いなく、犬を連れてきているせいだ。

ゆりねを散歩させていると、よく話しかけられるのだ。

同じように犬を連れている人から話しかけられる場合もあれば、そうではない場合もある。きっと、そんなに難しいことは言っていないはずだ。

「男の子？　女の子？」とか、「かわいいね」とか、「いくつ？」とか、おそらくそんなことだろうと思うのだけど、それすらもわからない自分が、とてもふがいなく感じてしまう。

ここでちゃんと相手の言葉がわかって、それにちゃんと受け答えができたら、もっともっと楽しいだろうなぁ、と思うのに、今の私は、四苦八苦しながら、ドイツ語で、「私、ドイツ語、話せません」と伝えるのがやっと。

そこで、会話は途絶えてしまう。

そういう経験を何度かするうちに、ドイツ語が話せるようになりたい！　と切実に思うようになった。

我ながら、そこに至るまで本当に時間がかかりすぎている、と呆れるのだけれど、仕方がない。

それが、今回のもっとも大きな収穫だ。

というわけで、ちょっとずつ、ドイツ語の勉強を始めている。

まぁ、本当にちょっとずつなのだけど。


当面の目標は、犬の散歩に困らない程度の日常会話を、話せるようになること。

今はまだ、ほんのヨチヨチ歩きの幼児とすら、会話ができないと思うと悲しくなってしまう。

もう一度、赤ちゃんから生まれ直して、ドイツ語を身につけられたらどんなにいいだろう。いつか、子どもやおばあさん、おじいさんと、ドイツ語で話せるようになるのかしら？

それにしても、今いるアパートは物が少ない。

五人の男の子がいるアパートは広くて、調理器具なんかも豊富にあったけれど、今借りているのはその真逆。

お鍋は二つしかなく、ひとつはお湯を沸かすのに使わなくちゃいけないというので、仕方なく電気ケトルを買った。

オーナーがベジタリアンだからか、フライパンもなかったので、仕方なくフライパンも買った。

ベジタリアンといえば、ドイツ人の10パーセントが、野菜しか食べない主義なのだとか。

近所にも、ビーガン専用のスーパーがあるし、ちょっとオシャレだな、と思うと、ビーガンのカフェだったりする。

ドイツといえば肉食、というイメージが強いけれど、それに反発してか、そうじゃない食生活を送っている人たちも結構いるのだ。

近所にあまり飲食店がないので、このアパートに来てからは、ほぼ自炊。

やっぱり、ふだんから使い慣れているマイ包丁を持ってくればよかった。

お魚は高級品だからめったに口にしていないけれど、お魚自体はそれほど恋しいと思わない。

それよりも、おだしのたっぷりしみこんだおでんとか、うなぎとか。

今、「うなぎ」の文字を見ただけで、よだれが出てきた。

あとは、やっぱり根菜が恋しい。

ゴボウとか、蓮根とか。

帰国まで、なるべくそういう食べ物が世の中にあるということを、考えないようにしよう。

数々の試練

9月5日

ベルリンは、昨日から秋になった。

いつもこの時期に帰国するので、この切り替わりにはびっくりする。

電気のスイッチを押すように、ある日を境に、夏から秋へと季節が変わるのだ。

土曜日の夜、遅くまで人々が外で食事を楽しんでいたのは、きっと、これが最後の夏だとわかっていたのだろう。

そして昨日からは、打って変わって、みなさん、秋モードの服を着て出歩いている。

これからベルリンは、どんどん寒くなって、寒くなるのは仕方がないにしても、どんどん暗い季節を迎える。

それは、本当に本当に、精神的にも肉体的にも過酷な時間なのだとか。

今回は、試練の滞在だった。

今まで、嫌な経験をほとんどしたことがなかったのだけど、この夏は、いいことも、嫌なことも、たくさん味わった。

たとえば、アパートにいきなり私服の警察官が来たりとか。

ものすごーく感じの悪い店員さんに当たったりとか。

アパートの床が傾いていて、気持ちが悪くなったりとか。

あと、初めて会う方と待ち合わせするのに、同じ通りの同じ名前の別の場所に行ってしまって（ベルリンは西と東に分かれていたので、たまにそんなことがあるらしいのだ）まちぼうけさせてしまったりとか。


多分それは、私たちがだんだんベルリンに慣れてきたのと、行動範囲が広がったせいなのだと思う。

今まで、「ベルリン」と思っていたベルリンはほんの一部で、私が思っている以上にベルリンはもっと広くて、想像以上にいろんな人が住んでいて、そして当然ながら中には意地悪な人もいるってことだ。

みんながみんなフレンドリーなわけはないし、経済的な格差も広がっているから、危ない所はもちろん危ない。

数々の試練を与えられて、そのたびに、それでもあなたはベルリンが好きですか？　と試されているような気がした。

そして、その答えは、ＹＥＳだ。

様々な試練を受けてもなお、やっぱりベルリンはいい町だなぁ、と思っている自分がいる。

そして今回は、ベルリンに来て暮らしているたくさんの日本人に会ったことも、大きな収穫だった。

みんな、それぞれの場所にしっかりと根っこをはっている。

今日はこれから、テーゲル空港へ。

さっき、最後に残ったお米を炊いて、これまたちょこっとだけ残った沢庵を細く刻んで混ぜて、おむすびを作った。

ミュンヘンからの飛行機の中で食べよう。

国際線に乗るのに、なんだか遠足みたいな気分になる。

覚えてる？

9月10日

やっと、ちゃんと夜に眠れるようになった。

帰国直後は、なぜか夜中の一時になると目が覚めてしまい、朝を迎えるまで一睡もできないという状況が続いていた。

日本時間の深夜一時は、ドイツだと夕方の六時くらいのはずだから、そこで目が覚めるというのもよくわからないのだけど、飛行機に乗ったりして、体内時計がめちゃくちゃになってしまったのかもしれない。

このまま時差ぼけが続いたらどうしようかと不安になったけど、なんとか大丈夫そうで助かった。

そうそう、帰りの飛行機でも、ゆりねはスヤスヤスヤウトウト。

離陸の時くらいはソワソワするのかと思って見ていたら、ちょっと迷惑そうな顔をするだけで、平然と横になっていた。

素晴らしいなぁ。

もちろん、人間にとっても体への負担が大きいのだから、犬にとってはかなりのストレスだと思うけれど、それでも、今回ゆりねも一緒に行けてよかったな、と思っている。

私たち同様、ベルリンでいろんなことを学び、吸収したみたいだ。


東京の家のことなんかすっかり忘れているだろうと思ったら、エレベーターのドアが開いた瞬間、勢いよくダッシュして、自宅のドアへ直行していった。

ちゃんと覚えているのだ。

でも、さすがに、「台所に入ってはいけません」ルールは一からやり直しだろうと諦めていた。

だって、ベルリンではどこのアパートでも入り放題というか、そういう作りだったので仕方がないのだけど、とにかく、台所ダメルールは一切なかった。

ところがどっこい、そのルールもちゃんと体にしみついているようで、東京の台所には入らない。

逆に、忘れてしまったのは私の方で、えーっと、あれはどこにしまったんだっけな？　と、いちいち首をかしげる始末。

ベルリンへ発つ直前に買い替えた電子レンジに至っては、新しくしたこと自体を忘れていてびっくりした。

この三ヶ月で、すっかりリセットされている。


それにしても、毎度のことだが、ダイレクトメールの、山、山、山。

ほとんどの郵便物が、すみやかにゴミとして処分される現実に、唖然とする。

買え買え買え買え、買え買え買え買え買え〜。

まるで呪いのように、方々から迫ってくるこの現象、なんとかならないんですかねぇ。

特に、同じ会社から同じDMが二枚も入っていたりすると、本当にうんざりする。

毎回停止できるものは停止してもらうけれど、それでも続々と送られてくるのだ。

買いたい時は自分で探して買いますからほっといてくれ！　と言いたい。

でも、もちろん日本に帰ってきていいこともたくさんあって。

特に今回気がついたのは、道路のきれいさだった。

これまでは、日本の道路がきれいだとは思わなかったし、未だにタバコの吸い殻をポイ捨てする人がいて呆れていたほどだけど、それでも、ベルリンの道からくらべたら、ずーっときれいだ。

今回は特にゆりねがいたので、道に、ビール瓶の破片が落ちていないかを常に気にかけなくてはいけないことは、相当なストレスだった。

ベルリンの人たちは、平気で吸い殻を道路に捨てるし、犬の落し物を拾う習慣もまだまだ定着していない。

それを徹底すればハエが少なくなると思うんだけど、きれい好きのドイツ人という印象からは、かなり外れている。

どうも、きれい好きはきれい好きでも、自分の家の中と外では考え方が違うらしい。

自分の家の中の掃除は徹底するけど、外は汚してもかまわない、みたいな。

そういう面では、日本人の方が意識が高いと思った。


昨日、夕方ゆりねと散歩しながら、セミの声を聞いた。

そういえばセミの声って、ベルリンでは聞かないなぁ。

あんなに木がたくさんあるのに聞こえないってことは、セミ自体がいないのかしら？
それとも、実際は聞こえているのに、それをセミの声だと認識していないとか？
セミの声に感情をゆさぶられるのは、きっと私が日本人だから。
外国の人にとっては、セミの声という表現ではなく、セミの音とかになるのかな。

メオトパンドラ

9月19日

ペンギンと知り合ってから、二十年以上が経つ。

当初、結婚するつもりはなかったけれど、いろいろあって入籍した。

それからも、十六年が経つ。

二十年なんて、本当にあっという間だった。


歳も離れているし、育ってきた環境も違うし、性格も似ていないし、私ははなから彼を、「宇宙人」だと思ってきた。

大学の時にお世話になったゼミの先生が、「男と女は違う生き物だと思った方がいい」ということをおっしゃっていて、基本的に私も、その考え方を受け継いでいる。

でも、それは「男と女」に限ったことではなくて、「人と人」全般に言えるのではないか

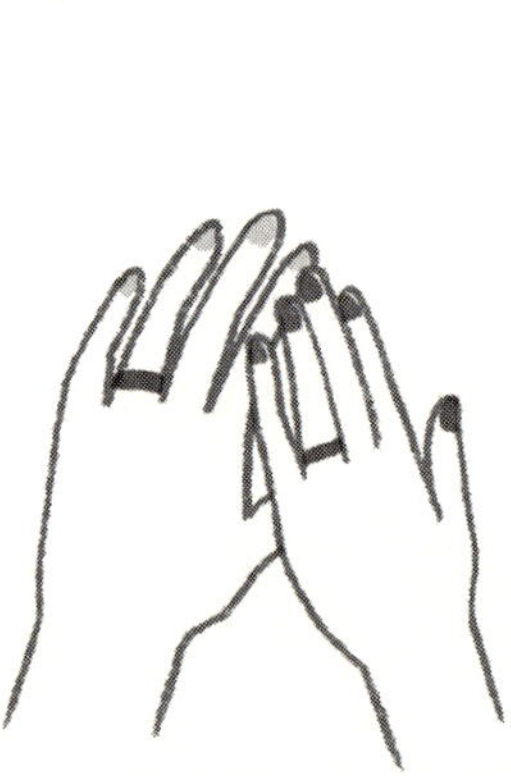

と思う。

同じ人というのはいないのだから、完全に理解し合えるというのは不可能だと思うのだ。

相手と自分が、理解し合えると錯覚するから、喧嘩したり、戦争したりする。

完全には分かり合えないからこそ、相手を理解する努力を重ねなくちゃいけないし、少しでも共感できたとき、そこに大きな喜びを感じる。


どんなに好きな相手でも、四六時中一緒にいれば息がつまるし、たとえ夫婦といえども、適度な距離というか隙間は、必要だと思う。

まれに、老夫婦になってもラブラブのまま、という夫婦がいたりするけれど、それはとてもラッキーな例で、たいていは、妥協したり、嘘をついたり、時にはだましだまし、自分に折り合いをつけながら暮らしている。

それでも一緒にいたいから、夫婦を続ける。

夫婦は決してきれいごとじゃないし、時には精神的に血みどろになったりもする。

完成した『メオトパンドラ』のページをめくりながら、そんなことを考えた。

キッチンミノルさんの写真と、桑原滝弥さんの詩が、見事に相手を引き立てあっている。

私も、ペンギンと共に被写体として参加している写真集で、本当に、本当に素晴らしい作品だと思う。

谷川俊太郎さんと一緒に、帯の言葉も書かせていただいた。


近頃は、結婚した夫婦の半数が離婚するんだっけ?

私はまだ経験がないけど、周りを見ていても、離婚するのは本当にエネルギーを消耗する作業だ。

間違いは誰にでもあるから仕方がないと思うけど、そう簡単に結婚しないで、同棲とかから始める「お試し期間」を設けるというのも、有効なのではないかしら。

あと、子どもがいなければ男女の問題だけでかたがつくけど、子どもがいる場合は、また違うように思う。


内田樹さんだったと思うけど、最近の離婚について、たとえば自転車を買って、5段ギアの自転車を買ったつもりが、3段ギアしかついていなかったら返品する、というような理由で離婚している、というようなことを書かれていて、確かにそうだなぁ、と感心したことがある。

離婚する夫婦と、関係を続ける夫婦に大きな差はなくて、本当に紙一重だと思うのだ。

ほぼ同じタイミングで手元に届いたのは、女性同士のカップルのお話を書いた、私の『にじいろガーデン』のフランス語版。

フランスとイタリアで翻訳が出されるというのは、とても名誉なことだ。

生身の人間同士が同じ屋根の下に暮らすというのは、決して楽ではないけれど、それでも幸せがあるから、続けていけるのだと思う。

たとえば、一緒にぶっかけうどんを食べる幸せとか。

そういう小さな幸せを手がかりにして、日々を営んでいくのだろう。

『メオトパンドラ』は、これから結婚しようという若い世代に、ぜひ見てほしい。

結婚生活には、修羅場もあるけど、幸福や希望ももちろんある。

日曜日ですよ！

10月2日

10月になって、ようやく秋の空になってきた。
ベルリンは、ここ最近、ずーっといいお天気が続いているらしい。
今日から週一回、毎日新聞の日曜版で、エッセイの連載が始まった。
タイトルは、「日曜日ですよ！」。

この夏、ベルリンにいて気づいたのだけど、ベルリンでは、日付よりも曜日で予定を決めることがとても多い。
たとえば、友人と会うときは、「じゃあ、次の金曜日にね」とか、レストランに予約を入れるときも、「今度の土曜日はあいてますか？」とか、こんな感じだ。

つまり、一週間より先の未来に予定を入れることはないということなんだと思う。

同じ場面でも、日本だと、何月何日に、となる。

仕事の打ち合わせでも、一ヶ月以上も先の約束をすることは珍しくないし、もう、ぼちぼち来年のスケジュール帳が必要になってくる。

私は、スケジュール帳ががらんとしている状態が好きだ。

きゅうきゅうに予定が書いてあると、息苦しくなってくる。

締め切りに追われたりするのは本当に苦手なので、連載もほとんど持たない。

そんな私が、週一回の連載なんて、大丈夫なのかなぁ。

今からもう心臓がパクパクしている。

私にとって、日曜日といえばすき焼きのイメージだ。

子どもの頃、すき焼きは日曜日のご馳走だった。

「笑点」を見ながら、かしゃかしゃと卵をかき混ぜていた記憶がある。

だから、つい先日、ペンギンが平日にすき焼き用のお肉を買ってきたときは、なんだか釈然としなかった。

お肉を無駄にするのもなんなので平日にすき焼きを食べたけれど、それは平日のすき焼きの味しかしない。どうも、高揚感が足りないのだ。

すき焼きは日曜日のご馳走でなくちゃ、すき焼きらしさを発揮しないなぁ、なんて思った。

せめて日曜日くらいは、仕事のことをすっかり忘れて、ぼんやりと空を見上げてくださいね。

栗ごはん

10月10日

夜中、いきなりウィーンと音がした。しばらくしても止む気配がないので、しぶしぶ布団から出て見に行くと、ルンバが掃除を始めている。

ペンギンの仕業かと思ったら、違うという。

ゆりねでもないので、どうやら勝手に動き出したらしい。

人工知能？　それとも、怪奇現象？　不思議なことが、あるんだなぁ。

また同じことが今夜も起きたら、ちょっと怖い。


連休中、もうひとつ不思議なことがあった。

モロッコのバブーシュ（スリッパ）を買ったのだけど、臭いがきついので、一晩、物干し台の上に置いておいた。

ところが朝起きてみると、右と左両方あったはずのバブーシュが、ひとつだけになっている。

風が吹いて飛ばされたのか、それともカラスが持って行ってしまったのか。

せっかく買ったのにひとつしかなくなってしまって、残りのバブーシュをどう使おうかと頭を悩ませている。


連休の初日に、栗ごはんを炊いた。

食べるのは好きだけれど、自分では作る気にならない料理の代表格が、栗ごはんだ。

栗をむくのって、本当に骨が折れる。

その割にあまり喜ばれないので、秋になっても、だんだん作らなくなっていた。


でも、あったのだ。

むいた状態の栗が。

商店街にある八百屋のおばさんが、一個一個、丁寧に皮をむいて売っていた。

これをやるようになってから、誰も、皮つきの栗を買わなくなってしまったという。

わかる気がする。

八百屋のおばさんの指先は真っ黒になっていて本当に申し訳ないけれど、おかげで今年は美味しい栗ごはんが食べられた。

栗ごはんにさほど興味を示してこなかったペンギンまでが、美味しいと喜んで食べている。八百屋さんに感謝だ。

栗はむいた状態で冷凍しても、全く味が落ちないというので、今度見つけたらまた買って、お正月用に冷凍しておこう。

私の作る栗ごはんは、丸ごとごろんと栗を入れて、炊くときは日本酒と塩を加え、炊き上がったらごま油を少々入れてツヤを出す。

ごま油を回しかけておくと、時間が経って冷めてもパサパサにならない。

今日は、ひじき煮を作った。

ベルリンで、入れる具が何もないときにひじきだけ炊いて、最後にくるみを大量に入れたら、逆にそれが美味しかった。

以来、ひじきには必ずくるみを入れる。というか、最後にくるみで和える感じ。

ほっかほかのご飯にたっぷりかけてひじき丼にするのもいいし、パンにも合う。

あとは、茹でてから冷やした日本そばに和えると、冷たいパスタ感覚で美味しかった。オリーブオイルと海苔《のり》をかけて、ベルリンで何回、このひじきそばを食べたかわからない。

食欲の秋ですね。

帰ってきたヒトラー

10月26日

先週、『帰ってきたヒトラー』の映画をやっと見に行ってきた。

本を読んで、どんなふうに映像化するんだろうと興味津々だった。結果は、想像をはるかに超えて面白かった。

ストーリーは、あのヒトラーが現代のドイツに蘇る、という奇想天外なもの。けれど、誰も本物のヒトラーだとは思わず、蘇ったヒトラーはお笑い芸人として人々から喝采を浴びる。

映画には、実際にヒトラー（のそっくりさん）を目のあたりにした人たちのリアルな反応が記録されている。

そう聞いていたので、ドイツの人たちがどんなふうに受け取るのか、興味があった。

だって、ドイツでヒトラーといったらものすごく繊細なテーマだし、腫れものに触るような扱いなのだ。

子どもが、ヒトラーの挨拶の真似をするだけで退学になるとも聞いているし、まだまだジョークにできるほどではないんじゃないかと、懸念していた。

ところがどっこい、人々の反応は、映画を見る限りおおむね好意的というか、今の難民問題と当時を重ねる意見も多く、ちょっと意外だった。

もちろん、編集の仕方によるのだろうけど。

とにかく、面白さ半分、恐ろしさ半分、いろいろ考えさせる内容だった。


でも、こういう映画を作る自由も保障されているのがドイツのいいところだと思う。

果たして、日本ではこういう映画ができるかな？

日本人は、自分も含めて、意見を述べる前に、つい左右の人たちの顔色をうかがってしまう。

その点、ドイツ人は左右は気にせず、前を見て自分の意見をはっきり言える。

どんなに極端な考え方の人でも、それを主張する権利が認められている。

それは、素晴らしいことだと思う。

娯楽満載の楽しい内容で、これをどうやって終わらせるんだろうと途中から心配になったけれど、そこは見事だった。

ヒトラーは、人々の心の中に住んでいる、というのは、怖いことだけど、確かなことのような気がする。


それにしても、ヒトラーが犬を銃で殺すことで人々からの人気を一気に失う、というのには、大いに納得した。

いかにも、ドイツ人らしい視点でごもっともだ。

あの映画を字幕なしでわかるようになりたいと思うけど、まだまだ道は遠そうだ。

たまーに理解できる単語があると、うれしくなった。


今読んでいるのは、『アウシュヴィッツの図書係』だ。

アウシュヴィッツ強制収容所にひっそりと存在した、わずか八冊だけの図書館。

その図書係を命じられた十四歳の少女、ディタは、服の下に本を隠すなどして、命がけで本を守ろうとする。実話に基づいた物語だ。

お鍋の逆襲

10月27日

さすがにわが家の文化鍋がくたびれてきたので、同じのをまた買った。

かれこれ、二十年くらいは使っている。

ご飯を炊く以外にも、煮物を炊いたり野菜を湯がいたりと、なにかと出番の多い鍋だった。

蓋の一部が壊れてからも、だましだまし使ってきた。

でも、そろそろ潮時だ。

古いのは今度ベルリンに連れて行くことにし、新しい文化鍋をお迎えした。

新旧ふたつを並べてみると、かなり違ってびっくりする。

ずいぶんがんばって働いてくれたものだと、改めて感謝したのだった。

折しも、今日は原木なめこが届いたし、新米のはえぬきも来たので、新しいお鍋で新米を炊くことになる。

最近、ご飯を炊くのはペンギンの役目だ。

ペンギンが、真新しい文化鍋に新米を入れて、火にかける。

ご飯が炊けるまで、熱燗を一合だけ用意して、とびきりの原木なめこをつまみに一杯やった。


火を止め、蒸らし時間に突入。

今夜のおかずは、自家製豚の味噌漬け。

あったかいご飯にタイミングを合わせ、フライパンで焼き始めた。

ここまでは、すべてが順調だった。


が、しかし、いざ炊きたての新米を御開帳！　と胸を躍らせていたら、なんと、蓋が開かないのだ。

しっかりと密閉されてしまい、押しても引いても、うんともすんともいわない。

木槌でコンコン叩いても、知らんぷりしている。

ペンギンが、蓋を冷やしたら蓋が縮んで開くんじゃないかというので、蓋の上に保冷剤をのせてみる。

けれど、ダメ。下から冷やしたり、上から水をかけても、さっぱり開かない。

「そういえば、以前もこういうことがあったねぇ」と言うけれど、もう二十年も前なので、どうやって開けたのか記憶は曖昧だ。

でも、二十年前と違うのは、インターネットが普及し、情報があふれていること。

さっそくペンギンが、「文化鍋」「蓋」「開かない」で調べると、見事に解決法を指南するサイトにいきついた。

そして、愕然とする。

ペンギンが自信満々に実行した「冷やす」は、全く効果がなかった。というか、むしろ逆効果で、正解は、再び火にかける、でした。

ということで、中のお米のことはさておき、このまま文化鍋が使えなくなっては泣くに泣けないので、火にかけた。

私はとっととあきらめて、ゆりね用にとってあった古いご飯を温めて食べる。

やっぱり、自分ちで漬ける味噌漬けは、美味しいなぁ。

とそこへ、「開いた〜」の声。

久しぶりに、ペンギンの雄叫びを聞いた気がする。

よかった。これでまた、文化鍋を使うことができる。

火にかけすぎたご飯は、さすがにパサパサとして新米の醍醐味はこれっぽっちもなかったけれど、でも美味しかった。


それにしても、こんなに蓋が開かなくなるなんて……。

古株の方が、怒ってやったとしか思えない。

よく、パソコンを買い換えようとしたとたん、機嫌が悪くなるという話を聞くけど、お鍋にもそういうことがあるのかな。

中と外の気圧の変化で開かなくなるのだとわかってはいるけれど、それにしたってしぶとかった。

霜月　11月2日

真冬の装備で、ゆりねと散歩へ。

あー、寒い。

帰りに、近所のパン屋さんに寄って、赤ワインを1本ゲット。

うちには、白ワインとスパークリングワインばかりで、赤ワインがないのだった。

でも、今日は赤ワインが飲みたい。

お財布を見たら、千円少ししかなかったので、オーストラリアのは買えず、チリの赤ワインを買った。

はちみつやスパイスを入れて、ホットワインにしてもいいし。

今日は、ペンギンがいないので、ひとりゴハン。

さっそく赤ワインを開け、ヘーゼルナッツと焼き栗をつまみに飲む。
あとは、この間買ってあったパンを温め、冷凍してあった雑穀のスープを温め直す。
何の準備もしなくていいのが、いいなぁ。

音楽は、スラヴァをかけた。そして今も、かけている。
スラヴァの声を聴くと、あー、冬だなぁ、と思う。
不思議と、暑い時期にスラヴァを聴く気にはならない。
ずいぶん前に、日本でスラヴァのクリスマスコンサートに行ったことがある。
本当に、胸にしみるというか、魂に響く歌声だった。
スラヴァは、歌うために生まれてきたのだろう。
歌のために、人生も、身体も、すべてを捧げている。
こんなふうに、ゆるゆると時間が流れるのも、いいものだ。

寒いけれど、まだ暖房をつけるには早いかな、と思い、今はコトコト豆を煮ている。
新物の花豆が手に入ったので、今回は、甘納豆を作ろうかな。

最近、なめ茸やポン酢など、今まで作らなかったものを作っている。

家では作れない、と思い込んでいるだけで、実はなめ茸もポン酢も、簡単だ。

なめ茸は、試しに作ったら思いのほか好評で、ペンギンが、すごくたくさん入っているえのき茸を買ってきた。

えのきは、庶民の味方だ。一パックあれば、かなりの量のなめ茸ができる。

炊きたての新米のご飯にかければ、それだけでご飯が進んでしまう。

ポン酢も、買うものとばかり思って生きてきたけど、材料さえそろえば、そんなに大変じゃない。

今回は、大分に住む友人が、かぼすを送ってくれたので、それを使った。

今、冷蔵庫で寝かせている。


スラヴァを堪能するには、最高の夜。

たまには、こんな日があってもいいのかなー、なんて。

今シーズンは、早めに花粉症対策をしている私です。

効くのかどうか、微妙ですけど。

ブタカン

11月5日

勘違い　その1
ペンギンが、「ブタカン、ブタカン」と言っているので、私はてっきり、豚肉の缶詰のことだと思ったら、そうではなく、なんと、「舞台監督」を略して「ブタカン」だという。
そういう省略の仕方、あんまり好きじゃない。

勘違い　その2
夜、布団に入って休んでいたら、ペンギンが少々怒った様子で、「柿の種は入れないで」と言う。
どうやら、ディスポーザーに柿の種が入っていたらしいのだ。
でも、私は入れていない。

「私じゃないよ、なんで柿の種を入れる必要があるの？」

どうも、会話がかみ合わない。

私は、その数日前、ペンギンが柿の種を買ってきていたので、それのことだと思ったのだ。

でも、途中ではたと気づいた。確かにちょっと前、柿をむいて、その時に出た種をディスポーザーに入れていた。

紛らわしいなぁ。

そういえば、外国への入国審査で、持っていた「柿の種（スナックの方）」を何かと聞かれて、柿の種をそのまま訳して説明した人が、入国できなかったという話を聞いたことがある。

私も気をつけなきゃ！

ぼんやりしていたわけではないのだけど、あっという間に誕生日を迎えてしまった。

ついに私も五十歳になりました！　と言うと、みなさん、一瞬「えっ」という顔をする。

逆サバ読みだけど、実際のところ、四十三も五十もそんなに変わらないんじゃないかと思う。

数年前から、自分の歳を聞かれて、とっさに答えられなくなった。

歳はどうでもいいと思っているので、覚える気がないのかもしれない。

早く、頭が100%白髪になりたいのだけど、なかなかならない。


明日から、私はイタリアへ。

『にじいろガーデン』がイタリア語に翻訳されたのに合わせて、インタビューなどを受けに行ってくるのだ。

せっかくミラノまで行くので、本当はゆっくりしてきたいのだがそうもいかず、トンボ帰りをしなくちゃいけない。

インタビューで答えられないと困るので、昨日、今日で本を読む。

泉さんやおチョコちゃんや、草介や宝と、久しぶりに再会した。

私の場合、作品が完成して本になると、すぐにその作品のことを忘れるようにしている。

そうしないと、次の作品が入らないので。

自慢じゃないが、容量は、ものすごく小さい。

時には、登場人物の名前なんかも、きれいさっぱり忘れてしまう。

イタリアでは、つい最近、激論の末に同性婚が法律で認められるようになったそうだ。

アメリカでは、まさかまさかの、トランプ氏が次の大統領になることが決まった。
差別や偏見がまかり通る世の中になったら、嫌だなぁ、と思う。
そういう空気が、世界に拡散しないことを、祈るばかりだ。

行ってきまーす。

文学祭

11月24日

朝から雪。

しかも、本格的に降っている。

窓辺から見る分にはきれいだけれど、通勤や通学の人は大変だ。

ミラノで一足先に冬を感じてきたと思ったら、今日は東京の方が寒い。

ゆりねも、すっかり毛布にくるまって、コタツで丸まるご隠居さんみたいになっている。

ゆりねは、ほんと、猫みたいだ。


ミラノは、ほんの数日だったけれど、楽しかった。

ミラノ文学祭に合わせてのスケジュールだったので、ミラノの各地で、千五百ものイベントが開催中だった。

私は、イタリア語版の『にじいろガーデン』に関してインタビューを受けたり、ラジオやテレビに出演したり、あっという間の三日間だった。

ふだん日本にいると同業者に会う機会はないのだが、外国の文学祭では同業者に会って話す機会がある。

今回は、インド人とフランス人、それにイタリア人の作家にお会いした。

インド人とフランス人は、共に、同じ出版社からイタリア語版が翻訳されている。

出版社の社長さんや編集の方たちと一緒にディナーを食べた。

中でも、フランス人の女性作家は、魅力的だった。

彼女は、アラスカに十年住んでいたそうで、その経験を基に漁師の物語を書いたそうだ。

そして今は、フランスの田舎で、羊飼いをしているとのこと。

手のひらがものすごーく大きくて、たくましくて、あー、この人が書いた物語なら読んでみたい、と思った。

日本でも出版したいと話していたから、どなたか、手を挙げてくれないかしら？

それにしても、ミラノっ子は、おしゃれだなぁ。

道行く人が、男女を問わず、みんなおしゃれ。

空き時間に近くの通りを散策したけれど、アクセサリーも服もキラキラしていて、素敵だけれど、私が着こなせそうなものはひとつもなかった。


そうそう、ミラノでは、犬がちゃんと服を着せられていて、ホッとした。

服を着た犬なんて、ドイツでは見たことがないけれど、イタリアではたまに見る。

犬と人との距離感が、イタリアと日本は似ていると思った。


ペンギンをはじめ、イタリアに行ってきたと話すと、みなさん、「美味しいもの食べてきたんでしょう」と口をそろえる。

振り返ると、なんだかイタリアにいる間中、ずーっと食べていたような気がする。

美味しいけれど、おなかが苦しかった。

ディナーの開始が八時半とか九時になるので、そうすると、朝になっても空腹にならない。

なるほど、イタリア人は朝ごはんにちょこっと甘いものだけをつまむわけだ。

ドイツでもそうだけれど、見ていると、ヨーロッパの人たちは、朝、昼、晩の三食のトータルで、野菜、炭水化物、タンパク質をとっているように思う。

朝サラダを食べたら、お昼はパスタ、夜はお肉かお魚という具合だ。

日本人は一食の中でバランスよく食べるのが習慣になっているけれど、ヨーロッパでそれをやろうとすると、とんでもない量になってしまう。

だから私も、最近はヨーロッパ式に、一食一皿を基本に注文する。

一皿の量が多いので、十分おなかがいっぱいになる計算だ。


このままずーっと降り続けるように思えたけれど、さっき、雪がやんだ。

家々の屋根が、白くなっている。

ペンギンが昨日、新鮮なタラを買ってきたので、今夜はフィッシュアンドチップスだ。

衣にビールを入れるところが、いかにもイギリスの料理っぽい。

ゆりねは、まだ丸くなっている。

男親というもの

11月29日

ゆりねのおなかが、ぴーぴーぴー。

先週の金曜日から、おなかを壊している。

子犬の頃、フードが合わなくておなかの調子が悪いことはあったけれど、成犬になってからおなかを壊したことは、記憶にない。

どんなに食べても、胃腸が丈夫というのが取り柄だったのに。

原因は、よくわからない。

金曜日は、私が午後から出かけて、ペンギンも外食の予定があり、ゆりねにとっては留守番が長かった。

でも、特に長時間留守番をさせたわけでもなく、通常の範囲内だ。

ただ、家に帰ったら、ものすごく寒かった。

ペンギンは、床暖房をつけて出たというけれど、カーテンが閉められていなかったので、家の中は冷え冷えしている。

私だったら、夕方から外出する時は、絶対にカーテンを閉めるんだけど。

そういうことは、男親にはあまり気がまわらないらしい。

寒さでおなかを壊したのかもしれない。


留守番のストレスや、寒さによる冷え、食べ過ぎ（最近、体重を増やそうと思ってゴハンの量を多めにしていた）、拾い食いで何かよくないものを口にした、など原因はいくつか考えられるけれど、これというのは思い当たらない。


食べるとすぐに急降下するらしく、見ていて可哀想になる。

夜中も、二、三回はトイレに行く。

そういう時、私は反射的にパッと起きてしまうのだけど、ペンギンはすーすー寝ている。

男親って、そうなんだろうな。

別に批判しているわけではなく、体の原初的な作りで、たとえわが子が夜泣きをしようが、寝ていられる構造になっているのかもしれない。

苦しんでいるのはゆりねなのに、しかももしかしたら自分のせいかもしれないのに、「臭い」とか言うとムッとしてしまう。

男の人って、なんでこうなんだろう、と、改めて、男女の根本的な違いみたいなのを考えてしまった。


だから、男の人でも女性的な感覚を持っている人は、いいなぁと思う。

そういう人とは、感覚的に理解できるような気がする。


ゆりね、おなかはぴーぴーだけど、食欲はある。

そういう時は、リンゴや納豆がいいらしいので、大好物のリンゴと納豆を食べて喜んでいる。

気分転換になるかと思って、お散歩もいつも通りに行っている。


今日も、夕方、厚着をして散歩に出る。

四時半で、もう薄暗い。

橋のたもとで、柴犬の「ゴンちゃん」と遭遇した。

飼い主さんが、「あったかそうで、かわいい服ですね」と言うので、てっきり自分のモコモコ服のことかと思ったら、ゆりねに着せていたツナギのことだった。

自分から余計なことを言って、墓穴を掘らなくてよかった。


今、ゆりねがわが家に来たばかりの頃の日記を読み返しているのだけど、驚くことばかりだ。

すっかり忘れてしまっているけれど、うちに来た時、ゆりねは1キロしかなかった。

それが今では、5キロ弱。

よくぞここまで無事に大きくなってくれたものだと感謝した。

そして、その頃の私は、犬に服を着せるなんてとんでもないと思っていたし、ゴハンも、フードの方がいいと思っていた。

それが今では、ゆりねに服を着せ、手作りの食事を与えている。


ゆりねはさすがに具合が悪いらしく、寝る時はぴったりと私に体をくっつける。

ほとんど抱き合うような格好になる時もある。

ゆりねの心臓の鼓動が、とくとくとくと伝わってくる。

ふだんはよく夢の中でも食べ物を食べているのだけど、さすがにここ最近は食べる夢を見ていないようだ。

小さな体で、必死に何かと戦っている。

早くよくなるといいんだけど。

洋食　小川　12月9日

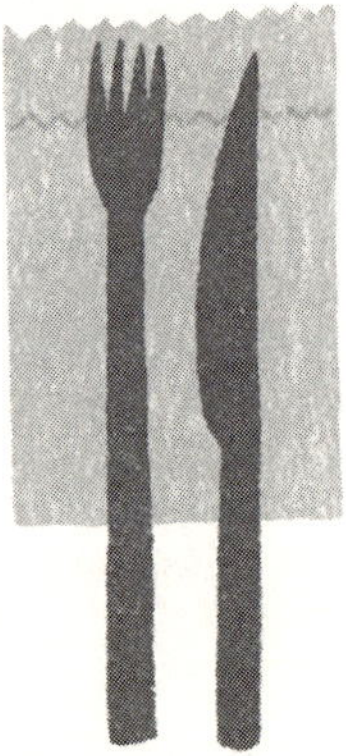

居酒屋でもビストロでも食堂でも、メニューにのっていると、つい反射的に頼んでしまうのがコロッケだ。
メンチカツも好きだけれど、どっちか選ぶなら、私はコロッケ。
熱々を頬張る幸せったら、ない。

お客様が家に来る時は、自分でもコロッケを作る。
おもてなしメニューの筆頭が、コロッケかもしれない。
でも、普段の食卓に、コロッケがのぼることは、まずない。
なかなか、自分のためにコロッケを作ろうという気にはならないのだ。

ところが先日、普段の食事のために、コロッケを作った。

ゆりねが具合を悪くしていたので、週末を、家で一緒に過ごすことになり、台所を見たら、芽が出かかっているじゃが芋を見つけてしまったのだ。

肉じゃがという手もあったのだけど、せっかくだから、コロッケを作りたくなった。

よく考えると、今年になってから、まだ一度もコロッケを作っていないかもしれない。

そのコロッケが、ものすごーーーーく、美味しかった。

自画自賛しちゃって申し訳ないけれど、やっぱり、自分で作るコロッケが一番好きだ。

とりたてて特別なことをしているわけでもないのに、どうしてこんなに美味しいのか不思議だ。

何かあるとすれば、じゃが芋をオーブンで焼いていることと、豚肉を自分で叩いて細かくしていること、オーブンからじゃが芋を出したら熱々のうちにつぶしてバターを混ぜること、豚肉を炒める時、最後にブランデーを一振りすること。

考えられるのは、その程度だ。

材料も、じゃが芋と玉ねぎと豚肉だけだし、塩と胡椒以外に隠し味を入れているわけでもない。

ただ、大きさにはこだわっていて、私のは、ピンポン玉くらいの小さめサイズだ。

これだと、外の衣はからっと、中のタネはふわっと仕上がり、いくつでも食べてしまいそうになる。

やっぱり、コロッケは美味しいなぁ。


家にいる時間が長かったので、かぼちゃのプリンも作ってみた。

初めてだったけど、結構簡単にできる。


コロッケにかぼちゃのプリンなんて、なんだか洋食屋さんみたいだ。


そうそう、ゆりねは、すっかり快復しました。

もう、いつもの食いしん坊ゆりゴンに戻っている。

ご心配をおかけしました！

書くことは

12月19日

なんでだろう、なんでだろう。師走はどうしてこんなに駆け足で過ぎ行くのだろう。

今日の日付けを見て、びっくりする。

明日でもう、20日になるなんて、冗談みたいだ。


まずは、うれしいお知らせを。

『ツバキ文具店』が、第五回の静岡書店大賞に選ばれました。

ありがとうございます！！！

本当に本当にうれしいです。

『ツバキ文具店』は、決して派手な物語ではないけれど、読者の方の中には、本棚にずっと置いておきたい、などと手紙に書いて送ってくださる方もいて、私にとってはとても意味深い作品になった。

続きを読みたいです、という声もたくさんたくさんいただいたので、今は、続編を書いている。

私自身が、『ツバキ文具店』に漂う空気感というか、その世界がすごく好きで、手放せなくなってしまった。もっとその世界に身を置いておきたい、と思ったのだ。

今まで、作品は一冊ずつで終わり、と思っていたけれど、こうして読者の方と共に物語を続けていくのも、いいんじゃないかと思うようになった。

一作くらいは、自分と共に年老いていく物語があっても、いいのかもしれない。


先日イタリアに行ってきた時、現地の若手作家と対談する機会があった。

彼女は二十代で、近未来を舞台にした斬新な作品を発表している。

ドクロがいっぱいくっついたブレスレットをはめていて、ファッションも黒ずくめで、ちょっとX JAPANっぽい雰囲気の作家だった。

その彼女が、対談の中で私にこう質問した。

「小川さんは、書くことで、闘っていますか？」

彼女は、見るからに闘っている。

自分でも、「闘っている」と話していた。

でも、私は「闘っていません。むしろ、誰かと調和するために書いています」と答えた。

「想像通りの答えですね」と彼女に言われてしまった。


闘うということは、怒りをエネルギーにする。

でも、私はなるべく自分の中から怒りを排除したいと思っている。

怒りで解決できることは、何もないと感じている。

わかりやすい闘い方をするのは、卒業したかもしれない。

でも、全く闘う気がないかというと、そうでもない。

私は、自分が相手から、闘っていると悟られずに闘うのを、理想としている。

拳を振り上げたって、腕力ではかなわないから。

だけど、相手の知らないところで、サッと足を出してしれっと相手を転ばせたり、美味しいよー、と差し出した料理にこっそり毒を盛ってみたり、そんなことはしているつもりだ。

それが、私にとっては、闘うこと。

でも、自分の口から闘っていると言ったら、闘っていることにはならないので、闘っていないと言うことにしている。

ちょっと、というか、かなりひねくれているのかもしれないけど。

でも、そんなこととは関係なく、読者の方が、物語の世界を楽しく旅してくれたら、私はそれで100パーセント満足だ。


あー、それにしても、いろんなことのあった一年だった。

先週の金曜日以来、私は涙腺が緩んで緩んで仕方がない。

虫歯の治療をする時の麻酔みたいに、心を不感症にしておかないと、ふとした拍子に涙が出て止まらなくなってしまう。

私の人生にとっては、とても大きな出来事があった。

強い悲しみや怒りを感じると、体に活性酸素が発生して、その処理をするために肝臓が疲弊するのだと、昨日、カイロの先生が教えてくれた。

そして先生は、丹念に、私の体をほぐしてくれた。

今夜は、芋煮。

ふるさと納税をしたら、大量の里芋が送られてきたので。

生のまま皮をむこうとするとヌルヌルが出て大変なので、里芋の下処理は、いつもオーブンで焼いてやっている。

今日は、いろいろ事務処理をしながらやっていたので、お芋に火が入りすぎてふにゃふにゃになってしまった。

でも、そういう芋煮もまた、田舎臭くて美味しかったりする。

花束を君に

12月29日

昨日も今日も、家の近所からばっちり富士山が拝めた。

クリスマスを過ぎた頃から、東京の空気は日毎にきれいになる。

まるでフィルターを通したような清々しさで、何回でも深呼吸したくなってしまうのだ。

この時期の東京は、本当に居心地がいい。


今週に入ったらドッと疲れが出て、一昨日なんか首肩が固まってしまった。

お正月目前だというのに、もう、かまぼこを切る気力すら残っていない。

多分、今私がかまぼこを切っても、まっすぐに切れない。

斜めになったり、厚さがバラバラになったり、散々な結果になるのが目に見えている。

一応、一通りのおせちは作ろうと思っていたけど、やーめた。

とにかく、体を休めたいので。

ただ、買ってしまった材料に関してはなんとかしないと申し訳ないので、今日の午後、集中して台所に立つ。


毎年作っていた五色なますも、今年は紅白なますに変更。

大晦日の「伊達巻や糸ちゃん」も、今年はおそらくなし。

黒豆だけは、簡単なので、なんとか作ったけど。

明日、火にかければ、完成する。

こういう時、無理をして何かをやっても、裏目に出るだけだから、とにかく、無理をしない。


立派な三浦大根をひたすらひたすら切りながら、聞いていたのは宇多田ヒカルさんの新しいアルバムだった。

聞けば聞くほど、味わい深い。

「花束を君に」がかかるたびに、涙腺が緩んでしまって大変だったけど。

朝ドラの主題歌の時はただ聞き流していたけれど、そっか、そういう歌だったのか、と気づいてしまってからは、もう反射的に涙がこぼれてしまう。

あんなにたいへんなことがあったのに、彼女も多くの葛藤を経験しただろうに、それを見事に作品として昇華させている点が、本当に素晴らしいと思った。

おそらく、あの曲を百回聞いても、私は百回とも泣いちゃうだろうな。

人生四十年も生きていると、そう簡単には人に言えないことだったり、後悔だったり、後ろめたさだったり、何かしらの荷物を背負ってしまう。

生きていくって、決して簡単ではない。

ままならないことも、いっぱいある。

自分の意思ではどうにもならないことが山ほどあって、それをなんとか歯をくいしばって、耐えるしかないのかもしれない。

今日、きれいな空の下をゆりねと散歩していて、そんなことを思った。

今、ゆりねがそばにいてくれることに、私は心の底から感謝している。

ゆりねと散歩したり、一緒にくっついて眠ったりしている時間が、私をどれだけ楽にしてくれていることか。

今年も、ペンギンとゆりねと、無事に一年を終えることができて、幸せだ。

来年は、どんな年になるんだろう?

ベルリンで起きたテロはとても残念だけど、でもそんなことで何も変わらないと、ベルリンに住む人たちが言っている。

きっと、そう。

ふだん通りに暮らすことが、いちばんのレジスタンスだと思う。

どうぞ、よいお年をお迎えくださいませ。

本書は文庫オリジナルです。

洋食《ようしょく》 小川《おがわ》

小川糸《おがわいと》

平成31年2月10日　初版発行
令和4年2月5日　6版発行

発行人――石原正康
編集人――袖山満一子
発行所――株式会社幻冬舎
〒151-0051東京都渋谷区千駄ヶ谷4-9-7
電話　03(5411)6222(営業)
　　　03(5411)6211(編集)
振替00120-8-767643
印刷・製本―中央精版印刷株式会社
装丁者――高橋雅之

幻冬舎文庫

ISBN978-4-344-42832-4　C0195　お-34-14

幻冬舎ホームページアドレス　https://www.gentosha.co.jp/
この本に関するご意見・ご感想をメールでお寄せいただく場合は、
comment@gentosha.co.jpまで。